KB193380

플라스틱 꿈

김민정 ／ 장편소설

플라스틱 꿈

팩토리나인

차례

시작점

생은 선택이 주어지는 순간이 늘어나며 걷잡을 수 없이 복잡하고 어려워지기 시작했다. 지빈은 가느다란 원기둥 모양의 플라스틱을 매만지며 생각에 잠겼다. 둘 이상의 길에서 하나를 고르고 시간이 흐르면 미련을 가지기 마련이다. 그때 다른 길을 골랐다면 어떻게 되었을까, 궁금해지는 것이다.

이러한 고민에 관해 언젠가 치아루가 이야기한 적이 있었다. '다카포. 망쳤다는 걸 직감한 순간, 처음으로 돌아가는 주문이야. 복수의 선택지가 주어졌던 순간으로 돌아가는 거지. 그리고 이번에는 다른 길을 선택하고 처음부터 다시 시작하는 거야.' 지빈은 재킷 안으로 손가락을 넣어 플라스틱을 가슴 위에 대며 거울을 신중하게 들여다봤다. 그리고 거울에 비친 가슴과 재킷 핏을 번갈아 바라보며 고민했다.

지금 이 순간 직면한 다수의 길 앞에서 그녀는 무엇을 골라야 미래에 그 주문을 외치고 싶은 불상사를 피할 수 있을 것인가. 아, 아니지. 지빈이 지금 이 순간을 직면한 것도 사실은 이전에 그녀가 내렸던 선택 때문이다. 그렇다면 다카포. 그 순간으로 돌아가서 다른 선택을 한다면 지금과 다른 상황에서 다른 선택지들을 두고 고민하고 있을, 아니, 아니다. 그 순간보다 더 앞으로, 다시, 다카포. 엮이고 엮여 촘촘하게 얽혀 있는 무수히 많은 선택을 거슬러 올라가 처음의 선택, 시작점으로 돌아가야 한다. 그렇다면 그녀의 생이 복잡하고 어려워지기 시작한 것은 정확히 언제부터였던가.

느닷없이 휴대전화 진동음이 울렸다. 지빈은 재킷에서 플라스틱을 빼고 거울에서 등을 돌렸다. 사색은 잠깐 중단해야 할 것이다. 오랜 친구가 건물 밖에서 그녀를 기다리고 있었다. 지빈은 자리에서 일어나 텅 빈 사무실을 나왔다. 해외영업팀은 모두 출장을 갔다가 조기 퇴근을 해 늦게까지 사무실에 남아 있는 사람은 막내인 지빈이 유일했다. 지빈은 건물을 나와 밖을 향했다. 검은 셔츠에 회색 청바지를 입고 담을 등진 채 서 있던 남자가 익숙한 발소리에 뒤를 돌아봤다. 지빈을 발견한 그의 얼굴에 웃음이 번졌다. 지빈이 그에게 다가가며 장난스러운 어투로 말을 꺼냈다.

"세상에, 그대로네! 정말 하나도 안 바뀌었잖아."

그는 부정도 긍정도 딱히 하지 않았다.

"네 가게로?"

지빈의 물음에 그가 고개를 끄덕이며 앞장섰다.

처음 방문해본 그의 가게는 원목 소재의 인테리어에 어두운 조명이 있는 조용한 분위기의 술집이었다. 잔잔한 음악 소리 사이로 웃고 떠드는 소리가 섞여 들려왔다. 지빈은 바 앞에 자리를 잡고 앉아 그가 건네는 술잔을 받았다.

"올해 여름은 유독 장마가 늦어지네."

그가 들고 왔던 마른 장우산을 바 아래에 넣는 것을 바라보며 지빈이 중얼거렸다.

"일은 어때?"

그가 물었다. 지빈은 어깨를 으쓱였다.

"그냥 하는 거지, 뭐."

스피커에서 익숙한 음악이 흘러나왔다. 지빈은 오랜만에 듣는 음악에 귀를 기울였다. 어느덧 세 번째 잔을 비울 즈음, 지빈은 소리 지르듯이 한숨을 쉬었다.

"나 사실 요즘 사는 게 재미가 없어."

지빈이 고백했다.

"처음에 입사했을 때는 그냥 '살았다' 생각뿐이었어. 어 엿한 직장에 연봉, 복지도 괜찮으니 앞으로 남은 인생 크게 걱정할 일은 없겠다 싶었지."

지빈은 그의 얼굴 앞에 손가락을 세 개 치켜들었다.

"3개월!"

지빈이 외쳤다.

"딱 3개월 만에 질려버리더라. 매일 아침 출근하며 속 으로 생각했지. 와, 남들은 이걸 어떻게 무기한 매일 하고 살지?"

지빈은 바에 기대고 있던 팔꿈치를 세워 두 손으로 이 마를 감쌌다.

"매너리즘에 빠진 건지, 뭘 해도 의지박약. 남은 시시한 삶의 끝이 너무 선명하게 상상돼. 부서 이동이나 이직도 고 민해봤어. 그런데 그런다고 해서 고쳐질 문제인지는 잘 모 르겠어. 앞으로 바뀔 거 없는 삶의 윤곽이, 너무도 뻔하게 예상 가능한 미래가, 따분해서 견딜 수가 없어."

그렇게 말하며 지빈이 세 번째 잔도 벌컥 비우는 동안, 그는 잠자코 술잔을 기울이며 그녀의 이야기를 들었다. 지빈은 네 번째 잔을 주문하며 그에게 말했다.

"묻고 싶은 게 있어."

지빈은 회사 밖에 서 있는 그를 처음 봤을 때부터 줄곧 생각했던 말을 꺼냈다.

"요즘도 춤을 춰?"

그는 고개를 돌려 금방이라도 비가 내릴 것처럼 먹먹한 하늘을 멍하니 바라봤다.

"아니."

어느덧 시간이 흘러, 지빈은 그와 헤어지고 가게를 나왔다. 집으로 가는 길에 지빈은 귀에 무선 이어폰을 꽂고 음악을 재생했다. 알고리즘이 데려가는 무작위한 음악의 세계에 의식을 맡기며, 지빈은 그날 오후 사무실에서 열중하던 사색으로 돌아갔다. 처음의 선택, 시작점으로 돌아가자. 그녀의 생이 복잡하고 어려워지기 시작한 것은 언제부터였단 말인가. 리드미컬한 음악이 귓가를 두드리며 머릿속을 신명과 흥취로 흥건하게 물들였다. 지빈은 음악에 따라 콧노래를 흥얼거렸다. 더 생각할 것도 없이 치아루와 그 애를 처음 만났던, 그해 여름이었다.

*

　그해 여름은 비가 유난히 끊이지 않았다. 쏟아지는 빗물이 신발 밑창에 찰랑거리는 그 여름의 많은 시간을, 지빈은 물 아래에 몸의 절반을 잠근 채로 보냈다. 뿌연 김이 모락모락 피어나는 젖은 공기에 시원하면서 짭조름한 바다 향기가 뱄다. 입욕제가 부서져 녹은 물이 파란색으로 반짝거렸다. 뜨거운 물이 피부를 감싸는 것을 느끼며 지빈은 물속 깊숙이 미끄러져 목 아래까지 물속에 잠갔다. 머리끝까지 완전히 잠기고 싶었지만 열기에 늘어져 나태해진 몸이 움직이지 않았다. 지빈은 욕조 안의 바다를 내려다보며 상념에 잠겨 있었다.

　지빈은 A의 여자였다. 초중고 시절부터 A급 대학에 재학 중인 지금까지 받아온 성적은 모두 A. 자신감 넘치는 표정의 매력적인 얼굴 아래로 늘씬한 다리를 드러내며 입는 스커트 라인도 A. 가슴 위로 달라붙는 브래지어 사이즈도 A. 지빈은 한숨을 쉬었다. 마지막 건 필요 없는데. 지빈은 고개를 젖힌 채 욕조 턱에 늘어져, 그녀에게는 자랑스러운 삶의 수집품과도 같은 A들을 지속해서 갱신할 수 있는 방법에 관해 고민해봤다.

지빈의 머릿속에는 그녀가 짧지 않은 시간 고심한 끝에 내놓은 두 갈래의 방법이 마련되어 있었다. 그리고 이제는 슬슬 하나를 골라야 할 때였다. 욕조 속 물살처럼 손가락 사이를 꾸물꾸물 새어나가는 시간의 흐름에 정신 못 차리는 동안, 대학의 마지막 학년을 그냥 흘려버리고 있던 것이다. 그 사실을 자각한 순간, 지빈은 위기감을 느꼈다. 이럴 수는 없어! 지빈은 절규했다. 이제는 결판을 내야만 했다. 소진되어가는 젊음을 바쳐 살아갈 만한 대상을 선택해야만 하는 것이다. 하지만 무엇을?

갑자기 알람 소리가 요란하게 들려왔다. 지빈은 알람을 끄고 시간을 확인했다. 일하러 가야 할 시간이었다. 지빈은 휴대전화를 던지듯이 내려놓으며 지겨운 신음을 질렀다. 몸을 잠그고 있던 물 밖으로 지빈이 일어나며 물방울들이 빗줄기처럼 몸에서 떨어져 나갔다.

덜컹거리는 버스 안에서 지빈은 플레이리스트를 무심코 넘기다 노래 하나를 골라 재생했다. 쏟아지는 빗줄기가 창문에 부딪혀 흐리게 번졌다. 플레이리스트의 절반이 지나갈 즈음, 어느새 내려야 할 정거장에 도착했다. 버스에서 내린 지빈은 우산을 쓰고 빗물이 차오르는 거리를 찰박찰박 걸어 오래된 상가 1층의 사진관에 도착했다.

그곳에서 지빈이 찾은 것은 사진 두 봉투였다. 봉투 하나는 예전에 찍어놓았던 여권 사진이었다. 풀어헤친 머리를 귀 뒤로 넘기고 활짝 웃는 얼굴에는 지금보다 젖살이 조금 올라 있었다. 다른 봉투 하나는 최근에 찍었던 이력서용 사진이었다. 정장 차림에 머리를 질끈 묶은 새침한 표정의 여자는 마치 다른 사람처럼 낯설었다.

두 개의 사진 봉투를 주머니에 넣고, 지빈은 사진관이 있는 거리 끝의 횡단보도를 건넜다. 그리고 교문을 지나쳐 담쟁이넝쿨이 외벽 위로 빈틈없이 포개져 있는 초록색 교정을 걸었다. 그러나 싱그러운 교정 같은 건 지빈의 눈에 들어오지 않았다. 그녀의 온 신경은 그날 아침 욕조 안의 상념에 머물러 있었다. 앞으로의 A 수집을 위한 지빈의 상념은 지속될 것이었다.

지빈은 학교 건물로 들어가며 플레이리스트 재생을 중지했다. 음악이 멈춰도 지빈의 발걸음은 일정한 속도로 이어졌다. 좀처럼 끊어지지 않는 상념 끝에 지빈이 다다른 곳은 오래된 건물 계단 위의 허름한 복도 끝자락에 있는 언어학 연구실이었다. 지빈이 문을 열자 다크서클이 짙게 내려온 대학원생이 고개를 들었다.

"늦었구나."

"죄송해요! 어디 들렀다 오느라…."

지빈이 대답하며 서둘러 연구실 안으로 들어갔다. 오래된 연구실 벽은 사전과 이론서 등의 두꺼운 서적들이 꽂혀 있는 책장으로 빽빽하게 채워져 있었다. 바닥에 붉은 카펫이 깔린 방의 한가운데에는 고동색 원목 책상이 있었다. 널브러진 책들 사이로 금색 스탠드의 초록색 조명이 학풍적인 분위기를 풍겼다. 주변에는 컴퓨터와 통역기 따위의 기기들이 설치되어 있었다. 낡고 허름하지만 이제는 제법 익숙해진 풍경이었다. 대학원생은 지빈을 따라 연구실 벽 가장자리에 딸린 작은 방 안으로 들어오며 재잘거렸다.

"너, 교수님이 없어 다행인 줄 알아. 이번 주까지는 안 계실 거야. 해외 출장 때문에."

방 안 책상에는 커다란 컴퓨터가 놓여 있었고, 책상 맞은편에는 두꺼운 통유리로 된 실험 부스가 있었다. 부스 안에는 밖의 컴퓨터와 유선 연결된 마이크, 카메라와 모니터가 책상 위에 설치되어 있었다. 지빈이 컴퓨터 앞에 앉아 전원을 켜며 물었다.

"어디로요?"

모니터가 밝아지며 전날 녹화했던 실험 참가자의 발화

영상이 흘러나왔다. 대학원생이 어깨를 으쓱였다.

"뭐랬더라. 수디브나어 연구 때문이랬던 것 같은데."

"곧 수몰할 나라의 언어는 뭐 하려고요?"

"수몰이 가까운 만큼 급하게 수집할 자료가 있나봐."

대학원생이 빗줄기가 부딪히는 창문을 보며 말했다.

"수몰되는 곳이 많아지면서 이민자들에 대한 한국어 교육 방법을 연구하려고 한대. 우리는 교수님이 돌아오기 전에 사라진 언어와 한국어를 모두 능통하게 구사하는 실험 참가자를 모집해놔야 해. 인터넷에 모집 공고 올려줘."

"아직 이번 실험도 다 안 끝났는데요?"

"올해라도 연구비 지원받으려면 실적 최대한 내야지."

그때 방 밖에서 문 두드리는 소리가 들려왔다. 대학원생은 실험 참가자들이 도착한 모양이라며 그들의 명단과 안내문을 지빈에게 건네주고는 방을 나갔다. 잠시 뒤, 첫 번째 순서로 방에 들어온 참가자는 중년의 남자였다. 지빈은 통유리로 된 부스 안에 들어가는 그를 쳐다보지도 않으며 앵무새처럼 수십 번도 넘게 말해온 실험 방법을 딱딱하게 안내했다.

"외국어 교육 환경 및 방법과 발화 실력의 상관관계를 알아보는 실험이에요. 실험 참가 방법은 간단해요. 앞의 모니터에 나오는 스크립트를 읽어주시면 돼요. 먼저 오디오를 듣고 한 문장씩 따라 읽어주세요."

지빈의 역할은 실험 참가자의 외국어 발음을 녹음하며 그에 맞는 발음 기호를 전산에 기록하는 일이었다. 지빈은 사전에 받은 실험 참가자의 설문지 내용을 확인했다. 해외 거주 경험이 없고 의무교육과 외국어 사교육을 제대로 받은 적이 없는 실험 집단의 참가자였다. 참가자는 스크립트에 쓰인 윌리엄 블레이크의 시 〈굴뚝 청소부〉를 오디오를 따라 더듬더듬 읽었다.

"And so Tom awoke, and we rose in the dark, And got with our bags and our brushes to work. Though the morning was cold…."

윌리엄 블레이크의 시는 지빈에게 언제나 꺼림칙하고 묘한 감상을 일으켰다. 지빈은 시의 내용과 별개로 참가자의 발음에 집중하려고 노력했다. 참가자는 R과 L 발음을 구분하지 못했다. 지빈은 전산의 [r] 칸에 [l]을 입력하며 참가자의 음성을 기록했다. 그 밖에도 참가자의 발음은 한 번에 다 기록할 수 없을 정도로 오류가 많고 엉망진창이었다. 그래서 지빈은 정확한 기록은 나중에 녹음을 들으며 마무리해야겠다는 생각으로 실험을 끝냈다.

실험이 끝나고 부스를 나온 참가자에게 보상으로 약속한 상품권을 건네는데, 그의 손이 눈에 들어왔다. 검지가 있어야 할 자리에 초록색의 반투명한 손가락 조형물이 반짝거리고 있었다. 지빈의 시선을 눈치챈 그가 초록색의 반투명한 손가락을 내보이며 자랑스럽게 말했다.

"플라스틱이에요. 며칠 전에 이식했거든요. 공장에서 일하다가 프레스기에 손가락이 잘려서."

"아, 본 적 있어요! 바이오 플라스틱."

지빈은 얼마 전에 바이오 플라스틱에 관한 뉴스를 본 적이 있었다. 계속되는 이상기후로 정부는 환경 정책을 강화했고, 플라스틱 규제가 심화되면서 기업들은 작물이나 미생물 같은 소재로 이뤄져 생분해가 가능한 친환경 플라스틱을 앞다퉈 개발하기 시작했다. 그중에서도 국내 기업 고치바가 개발에 성공한 PHA는 미생물 플라스틱으로, 높은 생체적합성 덕분에 성형이나 의료 수술에서 상용화되며 큰 화제가 되었다. 참가자는 고개를 끄덕였다.

"맞아요. 운이 좋았죠. 5년 만에 내 차례가 되었으니."

지빈의 놀란 표정을 본 그가 5년은 아무것도 아니라는 듯 고개를 저으며 설명했다.

"그 정도면 빠른 거예요. 평생 차례가 오지 않는 사람이 수두룩한데. 플라스틱이라 다른 인공 장치 이식이나 줄기세포 수술보다는 비용이 저렴해서 수요가 높거든요. 그런데 보통 이런 의료 수술은 제품 공급이 많이 안 되어서요. PHA는 대량생산이 어려운데 돈 되는 건 성형이니까 그쪽에 다 쓰이죠. 그래서 나랑 비슷한 사고를 겪은 동료들은 죄다 서천꽃밭을 뒤지고 있어요. 뭐라도 건질 수 있겠거니 하고."

"서천꽃밭이요?"

"고치바의 공장 뒤편 쓰레기장이에요. 거기에 불량품이나 시제품을 무더기로 버려요. 전부 생분해되는 것들이라 플라스틱을 흙에 묻어놓고 그 위에 꽃을 심어놨다니까? 그냥 보면 전혀 쓰레기장이라고는 생각도 안 들어요. 아름다운 온실 같지."

"어디서 들어본 이름인데요."

지빈의 대답에 그는 껄껄 웃으며 이야기했다.

"우리나라 신화에 서천꽃밭 나오잖아요. 사람들의 질병이나 모든 문제를 고쳐주는 꽃들이 모인 곳. 우리한테는 거기가 그런 곳인 거지. 그래서 그렇게 불러요."

그는 상품권을 들고 자리에서 일어나며 말했다.

"그럼 나는 이만 가봐야겠어요. 일하러."

지빈은 초록색의 반투명한 손가락을 달랑거리며 분주

하게 발걸음을 떼는 그의 뒷모습을 바라봤다. 어쩐지 힘차게 걸어 나가는 그의 등 뒤로 윌리엄 블레이크의 〈굴뚝 청소부〉가 메아리치며 따라붙는 것 같았다.

'And so Tom awoke, and we rose in the dark, And got with our bags and our brushes to work. Though the morning was cold….'

그가 방을 나가고 몇몇의 참가자가 더 들어왔다. 그들은 차례대로 모두 같은 과정을 거쳤다. 마지막 참가자가 방을 나가고, 지빈은 녹음을 들으며 실험 동안 못 채웠던 발음 기호들을 입력했다. 아직 퇴근까지는 시간이 남아 있었다. 지빈은 그날 오전 중단했던 상념을 마저 이어나갔다. 지빈은 두 장의 서류를 꺼내놓았다. 앞으로의 A 수집을 위해 지빈이 오랜 시간 고심해 마련한 두 가지 방법이 똑같은 크기와 똑같은 모양으로 문서화되어 놓여 있었다.

인턴 지원서와 교환학생 지원서. 책상 위에 놓여 있는 두 장의 지원서에 기재된 내용은 지빈이 똑같은 서체로 똑같이 작성한 인적 사항이 전부였다. 지원 동기 등을 적는 자기소개서란은 아직 비어 있었다.

한국대학교 영어영문학과 4학년 만 스물세 살 박지빈. 인적 사항에 적은 그 짤막한 한 줄이 지빈의 신분을 전부 설명하고 있었다. 한 해가 지나면 이 짤막한 문장 중에 그대로 남아 있을 단어는 지빈의 이름밖에 없었다. 한 해가 지나면 지빈은 졸업을 하고, 지빈의 소속 집단과 나이는 전부 바뀔 것이다.

지빈은 두 장의 지원서를 내려다보며 같은 말을 되뇌었다. 한국대학교 영어영문학과 4학년 스물세 살 박지빈, 한국대학교 영어영문학과 4학년 스물세 살 박지빈… 지빈은 봉투에서 두 장의 사진을 꺼내 두 장의 지원서에 각각 대봤다. 지빈이 지원서를 들여다보던 중, 벌컥 문이 열리고 대학원생이 들어왔다.

"실험도 끝났는데, 일찍 퇴근해!"

대학원생이 지빈 앞으로 다가왔다.

"참, 너 다음 학기 개강하면 연구실 아르바이트 그만둔다며? 학교 수업 때문에 그런 거면 교수님이 근무 시간은 조정해주실 텐데."

"다음 학기에는 학교에 없을 거예요. 대신 다른 걸 해보려고요."

"뭘 하려고?"

"이 둘 중에 하나이기를 바라야죠."

지빈은 한국대학교 영어영문학과 4학년 스물세 살 박

지빈의 전혀 다른 두 사진을 가리키며 대답했다.

"이게 뭐야? 전혀 다른 사람 같네!"

대학원생은 서로 다른 두 사진을 보고는 깔깔 웃으며 외쳤다. 대학원생이 두 장의 지원서를 쳐다보며 지빈에게 물었다.

"뭘 하고 싶은데?"

지빈은 교환학생 지원서와 인턴 지원서를 번갈아 쳐다봤다. 각각의 장단점은 지빈의 머릿속에서 이미 몇 번씩이나 나열되고 분석된 뒤였다. 지빈이 연구실에서 일하기 시작했을 무렵 세웠던 계획대로 교환학생을 가면, 관심 있는 학문이 더욱 발달한 해외 유수의 대학에서 유학하며 학계에 정진하는 가능성을 살펴볼 수 있을 것이었다. 하지만 당시 지빈은 자신이 교환학생 지원서를 작성할 즈음에는 좀 더 확신에 차 있을 거라 기대하고 있었다.

그러나 마음이 원하는 것을 아는 건 기대보다 더 어려운 일이었다. 막상 연구실에서 일해보니 지빈은 오히려 자신의 결정에 더욱 의문을 가지게 되었다. 내가 정말 이 일을 좋아하는 걸까? 통유리 너머 매일같이 바뀌는 실험 참가자들을 기차역 매표원 같은 일관된 태도로 마주하면서도, 늦은 시각까지 논문 속에 허덕이는 대학원생을 보면서도 지빈은 확신이 서지 않았다.

그래서 다른 가능성에도 눈을 돌리기 시작한 것이었다. 주위 대개의 친구들처럼 인턴을 시작으로 경력을 쌓고 카리스마 넘치는 직장인 여성으로 거듭날 수도 있었다. 수익이나 전망도 더욱 안정적일 테지. 그러나 정말 그것이 최상의 선택일까? 의문이 또다시 지빈의 생각 회로를 멈췄다.

가장 근본적인 문제는 지빈이 스스로 무엇을 원하는지 모른다는 거였다. 생각이 꼬리에 꼬리를 물수록 여권 사진과 이력서 사진은 지빈의 머릿속에서 합체되어 형태를 알아볼 수 없게 뭉뚱그려졌다. 이것은 단순히 교환학생을 갈 것인지, 인턴을 지원할 것인지에 관한 질문이 아니었다. 아니, 그것보다 훨씬 더 앞서 있는 물음이었다. 지빈이 알고 싶은 것은 단 하나였다.

"제가 원하는 게 뭔지 모르겠어요."

퇴근할 준비를 하며 지빈이 대답했다.

"앞으로 뭘 하고 싶은지 더 고민해보고 결정해야죠."

그것이 지금 지빈이 직면한 숙제였다. 대학원생이 한숨을 쉬며 이마를 짚었다.

"부러워죽겠네."

'내가 너였다면!' 뒤이어 중얼거리며 탄식하는 소리가

미약하게 들리는 듯했다. 지빈은 인사를 건네고 허름한 연구실 밖으로 발걸음을 뗐다. 지빈의 등 뒤로 대학원생의 외침이 들려왔다.

"내일은 늦지 마!"

건물 밖으로 나왔을 때는 어느새 비가 그쳐 있었다. 지빈은 집에 가기 위해 버스에 몸을 실었다. 그녀는 자신이 직면한 숙제의 해답을 찾기 위해 어디부터 어떻게 손을 대야할지 감도 잡히지 않았다. 아직 확신을 가질 수 있는 것은 아무것도 없었다.

'집에 돌아가서는 뭘 해야 하지….'

지빈이 한숨을 쉬며 무선 이어폰을 귀에 꽂으려는데, 낯선 목소리의 익숙한 발음이 들려왔다.

"서천꽃밭 가나요?"

지빈은 저도 모르게 고개를 들었다. 버스 기사가 고개를 끄덕이자 젊은 남자가 버스에 탑승했다. 지빈은 그가 자리에 앉는 것을 지켜봤다. 창백한 얼굴에 반쯤 뜨다 만 검은 눈동자, 곧 잠들 것처럼 시시하다는 눈빛에는 세상을 제대로 쳐다보기도 귀찮다는 기색이 역력했다. 반듯하게 가르마를 탄 검은 포마드 머리와 까만 안경테가 단정한 인상을 줬지만, 전반적으로 풍기는 분위기는 무관심 그 자체였다. 지빈은 그에게서 시선을 돌리며 무선 이어폰을 귀에 꽂았다.

운명을 영어로 이르는 말로 fate가 있다. fate의 어원은 '말하다'이다. 여기서 생략된 주어는 신이다. 결국 운명이란 신이 말한 것이다. 지빈은 무신론자다. 그녀에게 신이란 그녀를 둘러싼 세상, 그리고 그것들에 그녀가 부여하는 의미와 가치, 그것이 전부였다. 지빈은 그날 실험 참가자에게 들은 장소와, 우연히 같은 버스에 오른 승객이 찾는 장소가 일치할 확률이 얼마나 될까 생각했다.

영어에는 운명을 이르는 말이 하나 더 있다. destiny. 또 다른 명사형으로는 destination, 목적지다. 풀이하자면 그곳은 가야 할 운명이라는 뜻이다. 지빈은 운명론자다. 그녀는 낭만적 우연의 힘에 이끌렸다. 그것은 낭만을 추종하는 그녀의 본능이었다. 지빈은 바로 휴대전화를 켜 지도의 목적지에 서천꽃밭을 입력했다.

꿈을 찾는 방법

지도에 따르면 서천꽃밭은 버스로 다섯 정거장만 가면 도착하는 곳이었다. 지빈의 예상대로 까만 안경테의 남자는 다섯 정거장 후에 버스에서 내렸다. 지빈도 그를 뒤따라 내렸다. 그리고 멀지 않은 거리를 걸어 다다른 곳에는 기와를 올려 지은 높은 돌담이 굽이굽이 뻗어 있었다. 지도를 보니 돌담 너머에는 거대한 바이오 플라스틱 기업 고치바의 공장과 사무실이 있었다. 서천꽃밭은 그중에서도 가장자리에 위치했다. 지빈이 휴대전화에서 고개를 들었을 때 남자는 이미 사라지고 없었다. 지빈은 기다랗게 펼쳐진 돌담을 따라 걷기 시작했다.

돌담길은 직장인들과 인근 식당을 홍보하며 전단지를

돌리는 사람들이 섞여 혼잡했다. 수차례 손아귀에 쥐이는 전단지들을 밀어내거나 억지로 떠안으며 한참을 걷다보니 기와가 얹어진 거대한 나무 대문이 나왔다. 대문으로는 정장을 입고 가방을 멘 사람들이 구두를 딱딱거리며 사원증을 찍고 드나들고 있었다. 지빈은 다시 돌담을 따라 서천꽃밭이 위치한 곳으로 걸었다.

얼마 안 가 대문보다는 훨씬 자그마한 쪽문이 하나 나타났다. 낡은 문을 열고 들어가자 돌담으로 마당과 분리된 여러 채의 한옥이 부채꼴로 펼쳐졌다. 아파트 크기의 으리으리한 한옥들은 화려한 기와와 단청을 휘둘러 방문객의 주의를 압도했다. 지빈이 있는 곳은 다른 건물들과 돌담으로 분리된 마당이었다. 마당 가장자리에는 돌계단이 보였다. 그 위로 유독 화려한 문양과 색감의 단청으로 장식된 거대한 사당이 자태를 뽐내고 있었다.

지빈이 사당의 목조 문을 열자 음악 소리가 들려오고 꽃향기가 은은하게 풍겨왔다. 문안으로 들어간 지빈은 저도 모르게 걸음을 멈추고 주변을 둘러봤다. 그 안은 차갑고 딱딱한 인공물과 작고 세심한 식물들로 가득 차 있었다. 금속으로 된 기다란 직사각형 화분들이 층층이 쌓여 벽을 이뤘고, 초록색의 가느다란 줄기와 잎들이 벽의 간격을 메웠다.

사당 한가운데에는 온갖 잡동사니가 쌓이고 쌓여 어마어마한 높이의 산더미들을 겹겹이 이루고 있었다. 음악 소리는 산 중턱 어딘가에서 들려왔다. 산 주변은 알록달록한 꽃밭으로 둘러싸여 있었다. 화단의 흙 속으로 군데군데 아직 분해되지 않은 플라스틱들이 눈에 들어왔다.

서천꽃밭은 햇빛을 받아 신비롭게 반짝거렸다. 산 아래로는 로봇들이 방문객들 속에 섞여 느긋하게 돌아다니며 꽃들에 물을 주고 산을 이룬 쓰레기들을 세척하고 있었다. 방문객들은 잡동사니 더미로 물건을 던져 버리는 사람이 있는가 하면, 이질적이면서도 아름다운 풍경을 사진 찍거나 감상하는 사람도 있었다. 독특한 풍경을 감상하던 중, 버스에서 봤던 남자가 지빈의 눈에 들어왔다. 그는 산 둘레를 따라 유유히 걸으며 쌓여 있는 사물들을 구경하고 있었다. 그러다 지빈은 그가 구경하는 것이 아니라 무언가를 찾고 있다는 사실을 알아차렸다.

창밖을 제대로 쳐다보는 것조차 귀찮다는 듯이 무관심하던 눈동자가, 주의를 기울여 흙 속에 박혀 있는 물건들을 샅샅이 뜯어보고 있었다. 지빈은 실험 참가자가 서천꽃밭에 관해 했던 말을 떠올리고 남자를 살펴봤다. 하지만 그의 몸에는 아무런 특이점도 없어 보였다. 혹시나 해서 손가락도

살펴봤지만, 그의 양손에는 손가락이 다섯 개씩 무사히 달려
있었다. 지빈은 호기심을 참지 못하고 그에게 다가가 물었다.

"플라스틱을 찾으세요?"

지빈이 말을 걸자 그가 잡동사니 위로 굽히고 있던 허
리를 빠르게 폈다. 그는 당혹스러운 듯 안경을 추어올렸다.
지빈은 그가 자신의 말을 듣지 못했다고 생각하고 다시 말
을 꺼냈다.

"플라스틱을…."

차가운 손이 지빈의 입을 다급하게 막았다. 느긋하던
그의 눈동자는 주변을 다급하게 살피고 있었다.

"저를 쫓아내려는 수작인가요?"

그가 쏘아붙였다.

"그게 무슨 소리예요?"

지빈의 물음에도 그는 대답 없이 그들 가까이를 배회하
는 로봇을 주시하기만 했다. 그는 로봇이 멀어지는 것을 확
인한 뒤에야 지빈의 입에서 손을 떼며 말했다.

"밀렵꾼은 정찰 로봇에 들키면 쫓겨난다고요."

"밀렵꾼이요?"

지빈이 물었다. 그녀가 고집스럽게 설명을 기다리자 남
자가 마지못해 대답했다.

"서천꽃밭에 버려진 플라스틱 시제품이나 불량품을 훔쳐 가는 사람들이요."

어느새 로봇은 그들과 완전히 멀어져 있었다. 그는 다시 화단에서 무언가를 찾는 일로 돌아갔다. 지빈은 그제야 로봇들이 쓰레기 세척 외에 다른 용도가 있다는 것을 알아차렸다. 지빈이 그를 쫓아가며 물었다.

"그쪽은 뭘 찾는 건데요?"

그는 대답할 마음이 없는지 아무 말도 하지 않고 플라스틱 산을 살피는 일에 열중했다. 지빈은 그를 따라가는 일을 멈추지 않았다. 지빈의 발걸음이 끈질기게 달라붙자, 그는 지빈을 애써 무시하려던 시도를 포기하고 지친 표정으로 그녀를 마주 봤다. *그*가 한숨 섞인 목소리로 대답했다.

"꿈이요."

그의 대답을 듣는 순간, 지빈은 사정을 알아내고 싶은 충동에 사로잡혔다.

"여기서 그걸 어떻게 찾아요?"

꼬치꼬치 캐묻는 질문에 그는 의심 가득한 눈초리로 지빈을 쳐다봤다.

"그쪽은 여기 왜 왔는데요?"

지빈은 대답을 고민했다. 그를 따라왔다고 솔직하게 털

30

어놓았다가는 무뢰한 취급을 당할 게 뻔했다. 지빈이 얼버무렸다.

"저도 찾는 게 있다고요."

"뭘 찾는데요?"

지빈은 바이오 플라스틱이 성형에 주로 쓰인다는 실험 참가자의 말을 기억했다. 지빈은 임기응변으로 떠올린 말을 아무렇게나 지껄였다.

"가슴이요."

하필이면 그날 아침 욕조에서 스쳤던 생각이 무심결에 튀어나온 것이 분명했다. 지빈은 태연한 표정을 유지했다. 순간 지빈의 얼굴 아래로 움직이려던 그의 눈동자가 황급히 올라가는 것이 보였다. 그가 매몰차게 뒤돌며 딱딱하게 대답했다.

"행운을 빕니다."

지빈이 항변하려는데, 멀찍이서 외침이 들려왔다.

"난 아니에요. 아무것도 안 했다고요!"

지빈은 소리가 나는 쪽으로 고개를 돌렸다. 중년의 남자가 억울하다는 듯이 소리치며 문으로 달려가고 있었다.

"난 빈손이라니까!"

남자는 쫓기는 와중에도 뒤를 돌아보며 외쳤다. 서천꽃

밭에 흩어져 있던 사람들은 멈춰 서서 소란을 일으키는 그를 바라보고 있었다. 지빈은 남자가 누구에게 쫓기는지 보려고 플라스틱 산 건너편으로 고개를 돌렸다. 맹렬한 추격자의 발에 밟혀나가는 쓰레기들이 산더미에서 떨어져 요란하게 나뒹굴었다.

도망가던 남자가 마침내 문을 열어 서천꽃밭을 탈출하려던 찰나, 추격자가 쓰레기들의 산더미 속에 박혀 있던 의자를 뽑아 문으로 던졌다. 의자가 커다란 소리와 함께 문에 부딪혀 남자가 빠져나가기도 전에 문이 닫혔다. 순식간에 모든 소란이 멈췄다. 잠깐 시간이 멈춘 듯 모두가 얼어붙어 있었다. 지빈은 잡동사니 사이로 추격자의 얼굴을 보려고 한 걸음, 두 걸음 나아가며 고개를 움직였다. 서천꽃밭의 모든 시선이 그에게 쏠린 가운데 추격자의 목소리가 명랑하게 울려 퍼졌다.

"그럼 주머니 좀 뒤집어보세요."

마침내 바이올린, 의자, 전등 사이로 그의 얼굴이 지빈의 시야에 퍼즐처럼 조금씩 드러나기 시작했다. 날렵한 턱선 아래까지 내려오는 검은 머리카락, 길고 뾰족한 눈꼬리에 생기로 번뜩이는 검은 눈, 그리고 흰 티셔츠 위로 청재킷을 걸친 젊은 남자. 마지막으로 길게 뻗은 팔 끝에는….

"진정하세요. 총이 아니에요."

놀란 숨을 들이키는 지빈에게 옆에 서 있던 남자가 성가시다는 듯 설명했다.

"정찰 로봇의 조종기예요."

지빈은 그의 손안을 자세히 들여다봤다. 손바닥이 감싼 얇고 기다란 조종기 표면에 검지와 엄지 사이로 두어 개의 큼직한 버튼이 도드라져 있었다. 지빈은 조종기가 가리키는 방향을 따라 눈길을 움직였다. 중년 남자가 아무리 웃옷으로 가리려고 노력해도 그의 바지 오른쪽 주머니가 눈에 띄게 볼록 튀어나와 있는 것은 어쩔 수 없었다. 지빈은 여전히 시치미를 떼는 그를 조마조마한 마음으로 바라봤다. 비록 총은 아니었지만, 그것을 누르는 순간 무언가 위험한 일이 터질 것 같은 일촉즉발의 긴장감이 감돌았다.

"나는 그저 꽃밭을 구경하고 있었을 뿐이라고!"

중년의 남자가 소리쳤다. 지빈은 조종기 위에 안착한 엄지가 버튼을 누르는 것을 지켜봤다. 순식간에 정찰 로봇들이 저항하는 남자에게 달려들었다. 눈 깜짝할 사이 포박된 남자의 오른쪽 주머니에서 로봇이 빼낸 것은 빨간색의 반투명한 플라스틱이었다.

"더 기다릴 수가 없어서 그랬어. 어차피 버리는 거, 하나쯤은 줄 수 있잖아!"

그제야 실토하는 남자를 로봇이 끌고 사라졌다. 저항하는 목소리가 점차 멀어졌다. 마침내 그가 문밖으로 완전히 사라졌을 때, 조종기를 누른 남자는 자신의 일이 끝났다는 듯 뒤를 돌아 유유히 걸어갔다. 멀어져가는 발걸음과 함께 남자의 폭소하는 소리가 들려왔다.

"꽃밭 같은 소리 하네."

그가 멀어지고 지빈은 곁에 서 있는 남자를 돌아보며 물었다.

"저 사람은 누구예요?"

"이곳 관리인이에요. 정찰 로봇을 정비하고 밀렵꾼을 쫓아내요."

그가 대답하며 여전히 그들 주변을 배회하는 로봇들을 가리켰다.

"저 관리인과 로봇들을 주의해야 해요. 한번 걸렸다 하면 어떤 변명도 안 먹히죠."

"왜 이렇게까지 막는 거예요? 어차피 버리는 것들이잖아요."

"혹시나 PHA 플라스틱을 제조하는 독점 기술이 유출되기라도 했다가는 여기저기서 기술을 복제할지도 모르니

34

까요."

"왜 차라리 이곳을 봉쇄하지 않고?"

"마케팅이죠."

플라스틱이 분해된 화단과 사진을 찍고 구조물을 감상하는 사람들 사이를 유유히 지나가며 그가 대답했다.

"제품이 얼마나 친환경적인지를 노출하면 정부는 사업을 지원하고, 심미적 체험은 사람들을 불러 모으죠. 서천꽃밭을 감상하려고 들렀다가 수술이 얼마나 쉽고 저렴한지를 알고 대기표를 뽑고 가는 사람들이 태반이에요."

그는 말하면서 주변을 둘러보더니 발걸음을 뗐다. 지빈은 문밖으로 걸어가는 그를 쫓아가며 물었다.

"잠깐만요. 어디 가세요?"

"경비를 보아하니 오늘은 더 어려울 것 같네요."

그가 걸음을 늦추지 않으며 대답했다. 밀렵꾼이 발각된 후에 로봇들은 쓰레기들을 세척하지 않고 정찰 범위를 넓히며 서천꽃밭을 더욱 삼엄하게 감시하고 있었다. 지빈은 그를 따라 돌담길의 쪽문을 나서는 길에 다른 한옥 건물들을 돌아보며 물었다.

"여기가 민속촌이 아니라 바이오 플라스틱 기업이라니… 무슨 기업이 이렇게 생겼어요?"

"PHA는 미생물로 만드는 바이오 플라스틱이에요. 미생물을 다루는 기술이다보니 한식 업체가 기술 개발을 선점한 거죠."

이해하지 못했다는 지빈의 표정에 그가 마당에 즐비한 장독대들을 턱짓으로 가리키며 말을 이었다.

"친환경 플라스틱 수요가 늘어나면서 PHA 제조 공장은 많아졌지만 안정적인 대량생산이 가능할 정도로 미생물 가공 기술이 발전된 곳은 아직 드물어요. 그런데 한식은 발효식품과 함께 미생물을 많이 다루니 유리할 수밖에 없었죠. 그래서 플라스틱 제조업체가 국내에서 가장 큰 한식 업체를 인수해 미생물 가공 기술을 선점한 거예요."

"자세히 알고 계시네요. 이곳에 자주 오세요?"

그는 시간을 확인하고는 지빈의 물음에 대답하는 시늉도 하지 않고 발걸음을 보챘다. 지빈은 그를 쫓아가며 소리쳤다.

"그보다 아직 제 물음에 대답해주지 않았잖아요. 여기서 꿈을 어떻게 찾는데요?"

그는 설명할 시간이 없다는 듯 서둘러 나가다 지빈의 끈질긴 물음에 건성으로 그녀의 손에 무언가를 건네며 말했다.

"이거나 한번 보세요."

지빈은 손에 쥐인 푸른 종이 두 장을 물끄러미 바라봤다. 종이 상단에 커다란 홍보 문구가 적힌 것이 보나 마나 돌담길에서 수차례 거절했던 전단지들 중 하나였다. 고개를 들었을 때 지빈에게 성가시다는 듯 쓰레기를 떠맡긴 남자는 이미 사라지고 없었다. 지빈은 허탈한 실망감에 피식 웃음을 지었다. 지빈은 남자가 준 종이를 주머니에 구겨 넣다 자신이 지금 어디에 와 있는지 떠올렸다. 그리고 서천꽃밭의 잡동사니 더미로 돌아가, 오는 길에 별수 없이 받았던 몇 장의 전단지와 함께 남자가 준 종이를 주머니에서 꺼내 산 위로 팔랑 던져버리고는 문밖을 나갔다.

서천꽃밭을 방문한 이후, 지빈의 시간은 다시 일상으로 돌아와 단조롭게 흘러갔다. 아침에 기상, 운동, 목욕, 식사, 연구실로 출근, 근무 네 시간, 식사, 수면. 똑같은 리듬으로 다음 날도 마찬가지. 그리고 다음 날도, 다시 그다음 날도. 그렇게 반복되는 일상에 넌더리 치면서도 지빈은 앞으로의 행로에 관한 고민을 놓지 않았다. 그러다 문득 플라스틱이 보석처럼 반짝거리는 광산을 집요하게 뜯어보던 눈동자가 드문드문 생각나기도 했다.

지빈은 여느 때와 같이 연구실에 출근해 컴퓨터 자판을 두드리고 있었다. 대학원생은 머리를 싸매고 논문을 읽으며 탄식하고 있었고, 지빈은 별다른 실험이나 연구 자료가 들어오지 않아 일찍 업무를 마쳤다. 퇴근까지 남은 시간 동안 지빈은 자신에게 논문보다 어려운 지원서를 꺼내 머리를 싸맸다. 좀처럼 채워지지 않는 두 서류의 지원 동기 공란을 번갈아 노려보다 지빈은 사진부터 붙이자는 생각이 들었다. 그리고 두 개의 사진 봉투 대신 푸른 종이 두 장이 주머니에서 빠져나왔을 때, 지빈은 자신의 실수를 알아차렸다.

　　그날 전단지들과 함께 주머니 속에 있던 애꿎은 사진 봉투까지 모두 버려버린 것이었다. 도리어 남자가 준 종이는 반대 주머니에 넣어둬 무사할 수 있었다. 아닌 줄을 알면서도, 마치 재수 없던 사내의 못된 장난에 당한 기분이었다. 어처구니없는 실수였지만 지빈은 크게 낙담하지 않았다. 사실 딱히 상관없었다. 어차피 교환학생도, 인턴도 지금의 지빈에게는 아무 확신도 없는 선택지였다.

　　오히려 지빈은 그 당시 무심하게 지나쳤던 종이에 흥미를 가지기 시작했다. 그제야 지빈은 남자가 건넸던 종이가 전단지가 아니라는 사실을 알아차렸다. 그것은 관람 일시가 지정되지 않은 공연 초대권이었고, 공연장도 지빈이 일하는 연구실과 멀지 않은 곳에 있었다. 지빈은 낭만적 우연의 힘을 믿었다. 그녀는 질릴 대로 질려가던 단조로운 일상에서 뛰쳐나와 자신의 우연을 시험해보기로 마음먹었다.

연구실에서 퇴근한 이후, 지빈은 평소처럼 집에 가 저녁을 먹는 대신, 검은색 재킷과 슬랙스 아래 검은색 메리제인 샌들 굽으로 계단을 두드리며 처음 가보는 거대한 돔형 건물 앞에 섰다. 어두운 저녁이었고, 가로등 불빛에 황금색으로 번진 비가 내리고 있었다.

회전문 안으로 들어가, 공연을 관람하러 온 사람들로 웅성이는 로비를 지나쳐, 공연장 입구를 찾아 거대한 문을 밀고 들어가자 눈앞이 온통 파래졌다. 바닥, 천장, 벽을 이루는 거대한 수조부터 사람들과 그 사이사이를 잇는 공기까지. 마치 바닷속에 걸어 들어온 기분이었다.

지빈은 문 옆에서 대기하고 있던 로봇에 티켓을 건네고 공연장 안을 천천히 둘러봤다. 공연장은 좌석이 따로 없고 수족관 한가운데에서 자유롭게 라운지 바를 즐기며 공연을 관람하는 구조였다. 곧 공연이 시작되니 출입을 제한한다는 안내 방송이 흘러나오며 조명이 어두워졌다. 안내 방송이 종료되고 공연장은 순식간에 고요해졌다. 물결이 파랗게 일렁이는 가운데, 지빈은 물속에 있는 것처럼 숨죽이고 서서 수조 안을 들여다봤다.

하얀 물보라와 함께 수조 안으로 어두운 형상이 잠수하며 음악이 흘러나왔다. 은색 프릴이 목둘레를 장식한 검은색 셔츠와 바지를 입은 남자가 물속에서 관객을 목도했다. 수중무용이었다.

남자가 춤을 추기 시작하자 그의 몸짓에 따라 흔들리는 물결 그림자가 지빈의 얼굴에 드리웠다. 그녀는 도무지 그에게서 눈을 뗄 수가 없었다. 지빈은 물속을 유영하는 그의 표정을 유심히 지켜봤다. 목줄에 매인 듯 스스로의 손길에 이끌리는 눈은 오로지 자신이 완전히 몰입된 세계에만 열중하고 있었다. 그 이외의 것들은 철저히 배제되어 있었다. 그의 그런 표정은 마치 다른 사람을 보는 듯했다.

지빈의 머릿속에 각인된 그의 표정은 무관심과 피로가 가득했다. 지빈은 남자의 낯선 얼굴을 보며 사람의 눈이 그토록 적나라한 욕망을 지닐 수 있다는 것을 깨달았다. 그것은 활기와 생기로 반짝거렸으며, 심지어 약간의 광기도 실려 있었다. 눈앞에서 펼쳐지는 무아지경의 현장을 감상하며 지빈은 그를 동경함과 동시에 속절없는 무력감을 느꼈다.

마치 아가미를 뻐끔거리고 지느러미를 팔랑이며 다른 물고기들과 함께 물속에서 호흡하고 수영하는 방법을 터득

하고 있는데, 물결을 가르며 춤을 추는 인어를 맞닥뜨린 기분이었다. 절반은 다른 세상의 몸으로 이뤄진 개체를 본 뒤에야 자신의 평이한 정체성을 인식하고 만 것이다. 그리고 아가미와 지느러미를 움직일 동기를 상실한 채 한없이 침전한다.

공연이 끝나고 관중이 박수를 치는 동안에도 지빈은 자신이 처음 느껴보는 감정에 당혹스러웠다. 줄곧 텅 비어 있던 제 속을 이제야 발견한 듯 공허가 몰려왔다. 지빈은 박수를 치면서도 그 느낌을 떨쳐내지 못했다.

이심전심

유독 비가 영영 끝나지 않을 것처럼 느껴졌던 그해 여름, 치아루는 언제나처럼 물속에서 꿈을 꾸고 있었다. 그는 줄곧 실패를 무서워했다. 도무지 타협할 자신이 없었던 것이다. 그에게 타협이란 적당히 만족하는 것을 의미했다. 그는 물속에서 자신의 손짓 하나에도 온 신경을 곤두세울 만큼 예민한 사람이었다. 가지고 있는 취향과 취미도 까다로웠다. 커피와 음식과 패션을 사랑했고 고집하는 스타일이 뚜렷했다.

그에 반해 그가 사랑하는 것들을 영위하는 수단으로 선택한 춤은 아무리 연습에 매진해도, 그저 막연하게 느껴질 뿐이었다. 예술을 추종하는 동시에 물질을 갈망하는 것, 그것은 그에게 치명적인 약점이었다. 음침한 독방에 틀어박혀 굶주린 채 아무도 몰라보는 예술에 집념하는 것이야말로 그가 가장 두려움에 벌벌 떠는 인생의 종막이었다. 이처럼 불운한 결말을 피하기 위해서는 대중의 사랑을 사로잡아야 했다. 그래서 그해 여름, 그는 대부분의 시간을 물속에서 인고하며 살았다.

수족관에서 공연을 마치고, 언제나처럼 파란 물속에서 관객들의 파란 얼굴을 마주 보던 중, 치아루는 수많은 얼굴 속에서 낯익은 얼굴을 발견했다. 호들갑 떠는 관객 속에 서 있던 그는 주머니에 손을 찔러 넣은 채 치아루를 조용히 지켜보다 등을 돌려 수족관을 나갔다. 공연이 끝나고 대기실에서 치아루는 직원에게 물었다.

"공연 끝나기 전에 나갔던 제 또래의 남자요. 여기 자주 오나요?"

물어보면서도 직원의 대답을 기대하지는 않았다. 관객 수는 넓은 수족관을 가득 채울 만큼 많았고, 매 공연마다 오는 관객도 달랐다. 그러나 그의 예상과 달리 직원은 곧바로 고개를 끄덕였다.

"아! 혼자 오시는 분 말씀하시는 거죠? 그분이라면 기억해요. 자주 오신답니다. 일주일에 한 번은 와서 꼭 공연을 보고 가죠."

치아루의 눈이 틀리지 않았다면 그는 분명 서천꽃밭의 관리인이었다. 치아루는 자신의 운명이 신의 농담에 놀아나는 기분이었다. 그는 거울 앞에 널브러져 있는 티켓 하나를 집어 직원에게 건네주며 말했다.

"다음번에 그가 오면 티켓을 전해주세요. 그리고 대기실로 한번 불러주세요."

직원이 나가고 치아루가 옷을 갈아입고 젖은 머리를 닦던 중, 문 두드리는 소리가 들려왔다. 문을 여니 또 다른 익숙한 얼굴이 그 앞에 서 있었다.

"공연 잘 봤어요."

지빈이 웃으면서 인사했다.

"여기까지 왔군요."

치아루가 질린다는 듯이 말했다. 그가 뒤돌아 거울 앞에 앉았다. 그녀는 그를 따라 들어오며 태연하게 어깨를 으쓱였다.

"궁금했으니까요."

지빈이 거울 속의 치아루를 보며 말했다.

"춤을 추는 분이었군요. 항상 이렇게 공연을 하나요?"

"공연이 없을 때는 전국 대회를 위한 훈련을 해요."

"전국 대회요?"

"아티스틱 스위밍 종목의 국내 최대 규모 경기예요. 우승 선수에게는 세계 그랑프리 참가 자격이 주어지죠."

"우승을 해본 적이 있나요?"

"그럴 예정입니다."

"야망 있는 분이었군요."

감탄하듯 말하던 지빈이 물었다.

"어쩌다 춤을 추게 되었어요?"

치아루는 창문 밖을 봤다. 비가 내리고 있었다. 그는 공연장에 우산을 가져오지 않았다. 비가 그치기까지 대기실에서 기다리는 수밖에 없었다. 공연을 마친 대부분의 무용수가 돌아가고 대기실 안은 조용했다. 그는 지빈을 마주 보며 솔직하게 털어놓기 시작했다. 이 끈질긴 여자에게 비가 그치기를 기다리는 시간 정도는 허비할 수 있을 것 같았다.

"원래 몸을 움직이는 건 뭐든 좋아했어요. 수영, 축구, 체조… 운동을 두루 했죠. 그러다 우연히 무용 공연을 보러 간 적이 있었어요. 그때 본 디베르티스망은 아직도 잊을 수가 없어요."

"디베르티스망?"

"무용수들이 앞다퉈 각기 다른 무용을 하는 접속곡이

에요. 그중에서도 눈에 띄는 한 명이 있었어요. 당시의 저는 아카시아 양의 춤에 완전히 빠졌죠. 가장 아름다웠거든요. 이전에 제가 했던 종목들은 승부의 기준이 명확했어요. 가장 빠르거나, 가장 오래 버티거나, 가장 높이 뛰는 선수가 이기는 것이었죠. 그런데 무용은 달랐어요. 가장 아름다운 선수가 이기는 것. 바로 그 불분명한 점에 매료되었어요."

"그런데 왜 하필 물속에서 춤을 춰요? 똑같이 춤을 추는 건데 더 힘든 조건이잖아요."

"물속에서 운동을 하다보면 더워지는 순간이 와요. 몸은 분명히 차가운 물속에 있는데 뜨겁게 느껴지는 거죠. 한번 더워지면 물 밖에 나와서도 마찬가지예요. 불 안에 있는 기분. 그것은 물 밑도, 물 위도 아닌 제3의 공간에 있는 느낌이에요. 나는 그때의 그 열기를 사랑해요."

시종일관 도도하던 눈은 사랑하는 여인을 떠올리듯 반짝거리고 있었다. 지빈은 공연 중 봤던 그의 눈을 연상했다. 지빈은 치아루의 공연에서 느낀 감상을 솔직하게 털어놓았다.

"부러웠어요."

구태여 감추지 않고 노골적으로 탐욕스럽게 반짝이는 눈동자를 마주하며, 지빈은 자신도 한 번쯤 그러한 욕망을 느껴보고 싶다고 생각했다.

"난 하고 싶은 게 딱히 없어요. 여태껏 해온 선택들도 나보다는 다른 사람들이 원하는 대로였죠. 남들이 좋다는 걸 고르면, 내 선택을 의심할 필요가 없을 거라고 믿었으니까요. 그런데 사실은 나도 열정을 바치는 삶을 한번 살아보고 싶어요."

"열정을 가지고 싶다고요?"

치아루가 소리 내서 웃었다.

"그건 그다지 어려운 일이 아니에요. 쓸데없는 데 시간을 쓰면 돼요."

그는 젖은 머리를 닦던 수건을 내려놓고 안경을 썼다.

"디베르티스망은 사실 공연에서 막간의 여흥으로 삽입하는 하나의 구경거리예요. 이야기의 줄거리와는 아무 관련 없는 무용한 춤이죠."

까만 안경테 너머 어두운 눈동자가 지빈을 마주 봤다.

"핵심은 무용한 것들에 있습니다. 순수한 유희가 동기가 되었을 때, 그리고 그것이 무용하다는 걸 인지하면서도 그 행위를 수없이 반복할 때, 그게 내 열정이 되는 거예요."

지빈은 치아루의 말을 듣고 잠시간 기억을 되짚어봤다. 순수한 유희가 동기가 되는 일을 해본 적이 언제였던가, 기억이 가물가물했다.

"그런 일을 찾는 게 어디 쉬워요? 저도 이것저것 시도는 해봤어요. 휴학하고 언어학 연구실에서 아르바이트를 시작하기도 했어요. 전공과 관련된 일을 하면 뭔가 하고 싶은 일이 보이지 않을까 해서요. 그런데 일을 하면 할수록, 잘 모르겠다는 생각만 더 강해지는 거예요."

"언어학에 관심이 있어요?"

"관심은 있죠."

"왜요?"

지빈은 그의 표정을 쳐다봤다. 정말 궁금해서일까, 단순히 대화를 이어나가기 위함일까. 지빈이 기억하는 무관심하던 눈동자는 그녀를 유심히 들여다보며 대답을 기다리고 있었다. 지빈은 솔직한 설명을 들려줬다.

"언어는 나를 더 이해할 수 있게 해줘요."

그는 잠자코 지빈이 말을 이어가기를 기다렸다.

"평상시에 가지는 감정들, 생각들은 놓치기 쉬워요. 그대로 무심결에 흘러가기 마련이니까요. 그런데 내가 가졌던 감정들을 언어로 정의하는 순간, 좀 더 멀찍이서 나를 관찰하게 되는 거죠. 보다 객관적으로 나를 진단하고 이해하게 되는 거예요."

지빈이 어깨를 으쓱였다.

"아무튼, 그때는 그래서 그렇게 궁금했나봐요. 대체 서천꽃밭에서 어떻게 꿈을 찾을 수 있다는 건지 말이에요. 저는 제가 원하는 게 뭔지 통 모르겠어서요."

A를 찾아 떠돌던 중 우연히 향한 서천꽃밭에서 발견한 그의 모습은, 지빈에게 어쩌면 그곳에서 원하는 것을 찾을지도 모른다는 기대를 품게 했다. 지빈의 말을 듣고만 있던 그가 입을 열었다.

"종아리 근육이 약하대요. 일상생활에는 전혀 문제가 없지만, 물속을 장시간 헤엄치기는 어려울 만큼이요. 이대로는 선수 생활을 오래 하기 쉽지 않을 거라고 합니다."

그는 마치 어제 먹은 점심 메뉴를 이야기하듯 태연하게 말을 이어나갔다.

"그 말을 들은 뒤로 가능한 수술은 모두 알아봤어요. 고치바의 바이오 플라스틱 수술에 대해서도 얼마 지나지 않아 알게 되었죠. 바이오 플라스틱은 신체적합성이 높은 데다 가격도 높지 않았어요. 기껏해야 플라스틱일 뿐이니까요! 그런데 고치바에 갔을 때는 도저히 다가올 것 같지 않은 번호가 적힌 대기표를 받는 데에서 만족해야 했어요. 대기 인원이 너무 많았거든요."

"그래서 서천꽃밭에서 버려진 플라스틱 시제품을 찾고 있던 거였군요."

지빈은 한숨을 쉬었다. 하지만 기대하던 답을 구하지 못한 것에 대한 실망은 없었다. 그저 순수하게 그의 사연이 안타까웠다. 지빈은 그가 얼마나 춤을 사랑하는지 봤다. 그리고 잠깐이었지만, 그녀도 그의 춤을 사랑한 것 같았다. 지빈이 어렵게 말을 꺼냈다.

"얼마 전 고치바의 플라스틱을 이식한 사람을 봤어요. 순서가 되기까지 5년이 걸렸대요."

기다리기에 긴 시간이었지만, 지빈의 예상과 달리 그는 의연해 보였다.

"상관없어요. 전략을 바꿨거든요."

그가 안경을 추어올리며 말했다.

"그날 봤던 서천꽃밭 관리인을 기억하죠? 그 사람이 공연에 자주 와요."

딱딱한 안경테 너머로 거만한 미소가 그려졌다. 그는 자신감과 확신에 차 웃었다.

"그 사람을 내 팬으로 만들 거예요. 그래서 내가 춤을 출 수 있도록, 나를 도와줄 수밖에 없도록 만들 거예요."

지빈은 남자의 말을 들으며 어딘가 나사 하나가 풀린

것 같은 사람이라고 생각했다. 지빈은 서천꽃밭에 갔던 날 밀렵꾼을 추격하던 관리인의 모습을 기억했다. 가차 없이 밀렵꾼을 쫓아낼 만큼 냉혹해 보이는 관리인을 자신의 팬으로 만들겠다는 발상은 터무니없이 순수해 보였다. 그러나 지빈은 그의 그런 점이 마음에 들었다. 그리고 그런 점이 지빈이 그토록 갈구하는 부분이기도 했다.

"도와줄게요."

지빈이 말했다. 그의 표정을 본 지빈이 어깨를 으쓱이며 말했다.

"제가 그쪽의 팬이 되어서 그렇다고 쳐두죠. 춤을 계속 보고 싶거든요."

그리고 장난스럽게 덧붙였다.

"제 가슴을 위해서이기도 하고요."

그가 빙그레 웃으며 그녀에게 손을 내밀었다.

"치아루예요."

지빈이 그의 손을 맞잡았다.

"박지빈입니다."

지빈과 플라스틱 공장

마른하늘이 반짝이는 아침, 지빈은 장우산을 끌고 지하철에 몸을 실어 고치바로 출근했다. 전날 밤, 치아루와 오랜만의 만남에 과음을 한 건지 숙취로 속이 불편했다. 고치바의 마당은 평소보다 분위기가 어수선했다. 일기예보에서 예고한 장마에 대비해 마당을 가득 채운 장독들을 직원과 로봇들이 곳간 안으로 들이고 있었다.

"50년 이상 된 것들 먼저 안쪽부터 넣으면서 순서대로 채워주세요."

붐비는 직원과 로봇들 사이에서 연구원 한 명이 장독을 옮길 위치와 경로를 안내했다. 이상기후로 오랫동안 비가 오지 않은 터라 오랜만의 대이동이었다.

마당을 가로질러 행랑채 해외영업팀 사무실에 도착해 자리에 앉은 지빈은 컴퓨터를 켜고 밤새 바이어들에게 온 메일들을 확인했다. 그리고 곧바로 앞자리에 앉은 책임을 불렀다.

"책임님, 오늘 미팅할 프랑스 바이어가 한 시간 정도 늦게 도착할 것 같다고 연락 왔어요. 기상 문제로 항공기가 지연되었대요."

"지금 맡은 프랑스 미팅만 두 개인데, 정확히 프랑스 어디?"

"전에 성형 부작용으로 저희 쪽 보형물에 불량품 문의 제기했던 병원이요."

자리에 앉아 메일을 확인하던 책임이 곤란한 듯 말을 꺼냈다.

"이런, 오후에 있는 상황 보고랑 미팅 시간이 겹치는데. 상무님 계신 보고라 일정 조정도 곤란하고."

책임은 잠시 고민하더니 지빈을 보며 말했다.

"이번 미팅은 너 혼자 나가봐야겠다. 할 수 있지?"

지빈의 당황한 표정을 본 책임이 덧붙였다.

"그동안 여러 번 경험해봤잖아. 이제는 한번 혼자 처리해봐. 이렇게 배우는 거지, 뭐."

점심시간이 끝나기 전, 지빈은 일찍 사무실로 돌아와 미팅에 필요한 자료와 기기를 챙겼다. 실수하면 안 된다는 생각이 머릿속을 온통 지배했다. 바이어는 프랑스에서 꽤나 규모가 있는 성형외과로, 고치바에서 보형물을 납품하는 곳이었다. 지빈의 손에 그녀의 연봉을 몇 배로 능가하는 액수의 기업 매출이 달려 있었다.

지빈은 자료와 기기를 모두 챙긴 채 행랑채를 나와 구두를 딱딱거리며 사랑채로 향했다. 사랑채의 툇마루와 대청에는 바이어나 부서 미팅을 진행하는 소회의실이 있었고, 누마루에는 중요한 바이어나 임원들을 모시고 미팅하는 대회의실이 있었다. 지빈은 미리 예약해놓았던 대청의 회의실로 들어가 자료를 다시 읽고 목에 통역기를 부착하며 미팅을 준비했다.

약속한 미팅 시각이 되어갈 무렵, 로봇의 안내를 받아 외국인 남자 두 명이 회의실 안으로 들어왔다. 지빈은 자리에서 일어나 악수를 청한 뒤 명함을 건넸다.

"안녕하세요. 고치바 해외영업팀 박지빈입니다. 먼 길 오시느라 수고 많으셨습니다."

인사를 나눈 뒤, 바이어들은 지빈을 마주 보고 좌식 탁상에 앉았다. 로봇이 다기로 내린 커피를 마시며 그들은 가벼운 안부를 나눴다. 잠시 후 지빈은 미리 준비한 미팅 자료의 슬라이드를 화면에 띄우며 본격적인 회의를 시작했다.

"공장과 기술팀에서 받은 차트와 그날 운용한 기계의 검문표예요. 동일한 번에서 나온 모든 시안을 검사했습니다. 하지만 여기 그래프에서 확인할 수 있듯 모두 이상 없이 동일한 수치였어요."

지빈이 설명하며 바이어들의 반응을 살폈다. 다행히 의심하거나 의혹을 제기하는 눈치는 없었다. 그들 중 한 명이 고개를 끄덕이며 말을 꺼냈다.

"확실히 그래 보이는군요. 그럼 공장이랑 기계 상태를 직접 확인해보고 싶은데요. 가능할까요?"

그제야 지빈은 그들이 무엇을 바라고 직접 고치바를 방문한 것인지 알아차렸다. 그들은 플라스틱 공장과 제품 생산 과정을 육안으로 보고 싶었던 것이다. 고치바는 업계에서 미생물 가공 기술을 선도하는 곳이었으니 그리 이상한 바람도 아니었다.

"그럼요. 따라오세요."

지빈은 그들을 데리고 사랑채를 나와 분주한 앞마당과 중문 앞을 피해, 뒷마당을 가로질러 공장이 있는 안채로 안내했다.

"장마에 대비하느라 사옥이 좀 어수선해요. 미생물을 발효식품에서 공급하다보니 제품 생산과정이 날씨에 직접적인 영향을 받거든요."

안채는 안마당을 둘러싼 미음(ㅁ) 구조로 되어 있었다. 중문으로 들어오면 일곱 개의 방앗간과 하나의 곳간이 가장 먼저 보였다. 그리고 나머지 세 면은 CEO의 사무실이 있는 안방, CFO의 사무실이 있는 건넌방, 임원실이 있는 아랫방으로 구성되어 있었다. 플라스틱을 생산하는 공장은 방앗간에 있었고, 필요한 재료들은 마당이나 곳간에 보관되었다. 지빈은 바이어들과 함께 일곱 개의 방앗간 중 하나를 골라 들어갔다. 피아노 크기의 깔때기가 부착된 세탁기 모양의 커다란 기계 대여섯 대가 설치되어 있었고, 그들은 모두 호스로 연결되어 있었다. 지빈은 기계들을 이리저리 살펴보는 바이어들에게 차분히 설명을 이어갔다.

"먼저 제1방앗간의 기계에서 발효식품에서 발생하는 미생물을 추출해요. 그리고 제2방앗간의 기계에서 미생물에서 PHA로 변환 가능한 성분을 다시 추출하죠. 그 성분을 모아뒀다가, 제3방앗간에서 온도나 압력을 조절해 생체적합성의 조건을 모두 충족하는 플라스틱으로 가공해요. 이후에는 그다음 방앗간들에서 차례대로 점성, 무게, 부피, 모양 등을 규격에 맞춰 조절해요. 이곳에 설비된 모든 기계는 정확한 수치를 유지해요. 거기에 연구원과 로봇들의 통제와 검수를 거쳐 불량을 최소화하죠. 간혹 오차 범위를 벗어나는 불량품도 생산되지만, 이는 검수 과정에서 모두 분류되어 쓰레기장으로 보내집니다. 보시다시피 고치바의 생산 라인은 불량이 유통될 수가 없는 구조입니다."

지빈이 설명하는 중에도 기계들은 달달달 소리를 내며 작동하고 있었다. 하얀 가운을 입은 연구원들은 기계 운용 상태와 제품 실시간 생산과정을 자세히 살피며 분석했다. 지빈은 바이어들을 바라보며 또박또박 쐐기를 박았다.

"다시 말해, 말씀하신 성형 부작용도 제품 불량보다는 수술 방법의 적합성 문제나 고객 분의 신체 변형으로 인한 것으로 보입니다."

공장을 신기하다는 듯이 둘러보던 바이어들의 눈길이 지빈에게 향했다. 그녀는 침착한 표정의 가면 너머로 온갖 항변과 요구 사항을 예상하며 그에 적절한 대응을 떠올리고 있었다. 마침내 그들 중 한 명이 입을 열었다.

"좋습니다. 직접 와서 보니 왜 그렇게 말씀하시는지 잘 알겠군요. 대신 이번 일도 있고 하니 다음번 수급 때 단가 조정을 고려해주시면 좋겠는데요. 저희는 고치바의 납품을 쭉 지속할 테니까요."

그의 말을 들으며 지빈은 바이어의 미팅 요청이 단순한 불량품 문제 제기의 목적이 아니었음을 알아차렸다. 지빈은 망설였다. 내부에서 논의해봐야 한다고 적당히 둘러대고 끝낼 수도 있었지만, 마음 한편에서는 이 건을 혼자 온전히 해결하고 싶은 욕심이 들었다. 외지의 사람들과 그들의 언어로 소통하고, 대화의 핵심을 파악해 줄다리기를 하는 일은 지빈이 좋아하는 것이었다. 지빈이 입을 열었다.

"조정은 어려울 것 같습니다. 말씀드렸다시피 저희 쪽 과실이 아니니까요."

지빈은 목에 부착한 통역기를 떼고 불어로 말을 이었다. 혹시나 하는 불안감에 통역기를 사용했지만, 기기만으로 그녀가 의도하는 의미와 어감을 완전히 전달하는 데는 한계가 있었다.

"대신 앞으로도 정확한 수량과 품질의 제품을 수급해드릴 수 있도록 노력하겠습니다. 확인하셨다시피 정확도를 위해 생산 체계 점검과 기술 개발에 최선을 다하고 있고, 저희 제품이 필요한 곳을 항시 '바라보고' 있거든요."

regarder. 주의를 기울여 바라본다는 의미다. 반면에 voir는 똑같이 '보다'로 해석되지만 그 의미에 수동성을 가진다. 단순히 눈에 보이는 것을 쳐다본다는 뜻이다. 지빈은 바이어들의 얼굴을 봤다. PHA 보형물의 안정적인 대량생산이 가능한 공장은 고치바가 유일한 만큼, 독점사로서 굳이 거래처의 요구를 모두 들어줄 필요는 없었다. 바이어들은 아무 말 없이 그저 웃어 보였다. 그들은 지빈의 말을 제대로 이해했다. 곧 비행기가 뜰 시간이었다.

"공장을 보여주셔서 감사합니다. 확실히 재미있는 공정 현장을 가지고 있군요."

바이어들이 방앗간을 나오며 말했다. 지빈이 웃으며 맞장구쳤다.

"그렇죠. 지금은 제법 익숙해졌지만, 저도 처음 봤을 때는 깜짝 놀랐답니다."

바이어들이 로봇의 안내에 따라 대문 밖으로 나간 뒤, 지빈은 안도감과 동시에 짜릿한 쾌감을 느꼈다. 지빈은 행랑채로 돌아가기 전, 누마루로 향했다. 호기심에 들여다본 대회의실 안은 한창 상황 보고가 진행되고 있었다. 병풍 앞에는 상무가 앉아 있었고, 그 앞에 선 책임은 팀장을 도와 빔 프로젝터 화면의 슬라이드를 가리키며 보고를 진행하고 있었다. 행랑채로 돌아오는 길에 지빈은 들뜬 기분을 참지 못하고 전화를 걸었다.

"여보세요."

전화를 받은 사람은 어젯밤 과음 행위의 공범이었다.

"숙취는 괜찮은 거야? 가게 오픈했어?"

"응, 방금. 목소리가 들떴는데 퇴근한 거야?"

"맞아. 사실은 오늘 입사 이후 처음으로 바이어를 단독으로 상대했어. 이럴 줄 알았으면 어제 술을 그렇게 마시지 않았을 텐데."

"그래서 잘됐어?"

"응. 나 잘했어."

"긴장 안 했나보네."

"두 가지 방법을 터득했거든."

지빈이 거들먹거렸다.

"첫 번째는 힐이야. 굽 높은 구두를 신고 더 높은 곳에서 상대를 쳐다보면 자신감이 생기거든."

"두 번째는?"

그가 물었다. 지빈이 웃었다.

"내 실력에 대한 확신이지."

소리는 들리지 않지만, 휴대전화 너머로 그가 미소 짓는 것이 느껴졌다.

뭐가 그렇게
재미없어죽겠다는 표정이야?

비가 끊이지 않고 내리던 그해 여름, 지빈은 생각이 복
잡해질 때면 물속에 몸을 담그고는 했다. 뜨거운 물이 욕조
안으로 콸콸 쏟아져 나왔다. 지빈은 따뜻한 물결이 피부를
간질이는 것을 느끼며 등을 기대고 눈을 감았다. 문득 물속
의 열기를 사랑한다는 치아루의 말이 떠올랐다. 수조 안에서
느끼는 열기는 이것과 다를까? 다르다면 어떻게 다를까? 지
빈은 물속에서 춤을 추던 치아루의 모습을 상기하며 그와
닮고 싶다는 생각을 또다시 했다.

일이든 무엇이든, 그것이 어떤 형태가 되었든 지빈은
자신이 온 마음을 바쳐 열렬히 사랑할 수 있는 무언가를 찾
고 싶었다. 그리고 그 생각은 치아루의 공연을 본 직후부터

줄곧 지빈의 머릿속을 장악해 다른 것은 신경 쓰지 못하도록 마비시켜왔다. 그래서 지빈은 여태 미뤄왔던 지원서 작성을 다시 시작하기로 마음먹었다.

하지만 그 전에 해야 할 일이 하나 있었다. 그것은 바로 서천꽃밭에 버려두고 온 사진들을 찾아오는 것이었다. 치아루가 꿈을 찾기 위해 서천꽃밭을 뒤적였듯, 지빈도 사진을 찾아 서천꽃밭을 뒤적이는 것이다. 닮고 싶은 사람의 모습을 흉내 내다보면, 조금씩 그 모습의 윤곽을 띠게 되지 않을까, 지빈은 기대를 걸어봤다. 그래서 그날 지빈은 연구실에서 퇴근하고 서천꽃밭으로 가는 버스에 몸을 실었다.

버스에서 내려 돌담길을 따라 걸어 낡은 쪽문을 열어 다시 찾은 서천꽃밭은 지빈이 이전에 본 모습 그대로였다. 지빈은 잡동사니들을 쌓아 올린 산 아래를 걷기 시작했다. 그리고 이곳에 처음 온 날 치아루가 그랬던 것처럼 산을 이루는 사물들을 하나하나 살피기 시작했다. 그러고 얼마나 지났을까. 지빈은 어마어마한 높이의 산을 이루는 수많은 물건 속에서 자신이 잃어버린 사진을 찾기란 불가능에 가깝다는 사실을 알아차렸다.

지빈은 산더미를 모두 살펴보기도 전에 수색을 그만뒀다. 그러다 문득 그날 서천꽃밭을 살피던 치아루와 자신이 얼마나 대조적인지 깨달았다. 치아루와 달리, 지빈은 이곳에서 그녀가 진정 바라는 것을 찾을 수 없었다. 그 사실을 직시하자 모든 노력이 무의미하게 느껴졌다. 그리고 참을 수 없는 따분함이 밀려왔다. 익숙한 느낌이었다. 치아루의 공연을 보기 전까지 지빈이 끊임없이 직면하고 대항하던 상태였다. 그것은 말하자면 권태였다.

지빈은 지금의 삶에 자신이 가지는 불만을 주위 사람들에게 들키고 싶지 않았다. 그래서 도무지 가시지 않는 권태를 가면 속에 감쪽같이 감췄다. 적어도 남들 눈에는 들키지 않을 정도로, 불 꺼진 듯 죽어 있는 눈빛은 숨기고 번지르르한 표정으로 위장하고 있다고 믿었다. 그녀의 노력을 단번에 우습게 만들어버린 이 말을 듣기 전까지는.

"뭐가 그렇게 재미없어죽겠다는 표정이야?"

지빈은 누군가에게 뒤통수를 한 대 얻어맞은 기분이었다. 목소리가 들리는 방향으로 고개를 돌리니 물뿌리개에서 물줄기가 여러 갈래로 갈라져 나오고 있었다. 물뿌리개를 잡은 손을 따라 시선이 올라갔다. 청재킷 주머니에 한 손을 찔러 넣고 건들건들 물뿌리개를 휘적거리는 폼이 낯익었다. 지빈을 마주 보는 얼굴에 시건방진 웃음이 지어졌다.

"너 말이야. 꼭 시시해죽겠다는 눈을 하고 있잖아."

지빈은 그의 얼굴을 기억했다.

"너는⋯."

지빈이 중얼거리자 그가 불쑥 고개를 들이밀며 말했다.

"나를 알아?"

그의 눈빛이 순식간에 바뀌었다. 마치 사냥감을 발견한 듯 지빈을 보는 눈동자가 번뜩였다.

"밀렵꾼인가?"

지빈은 재빨리 그의 목에 걸린 사원증을 발견하고 태연한 척 대꾸했다.

"유가람, 서천꽃밭 관리인. 사원증 있네."

그러자 가람은 어깨를 으쓱이고는 꽃에 물을 주는 일로 돌아갔다. 지빈은 태연한 척 그녀의 무의미한 수색을 재개했다. 산 둘레를 따라 걸으면서 산을 이루는 사물들을 살펴봤다. 병, 악보집, 숟가락, 옷, 식탁보, 별의별 것이 커다란 창문 너머 햇빛을 받아 반짝거리고 있었다. 온갖 잡동사니 사이에서 버려진 수첩 하나가 지빈의 눈에 띄었다. 낡은 수첩의 페이지를 빼곡히 채운 것은 난생 처음 보는 언어였다. 지빈은 수첩을 주워 오래된 페이지를 뒤적였다. 잃어버린 사진을 찾는 것은 어느덧 포기한 지 오래였다.

"플라스틱이 아닌 것들은 어쩌다 버려지는 거야?"

지빈이 가람을 돌아보며 물었다.

"여기 있으면 별의별 게 다 밀려와. 플라스틱을 버리는 곳이라는 건, 온 세상을 버리는 곳이라는 것과 마찬가지잖아."

"온 세상을 버린다니 과장이 심한 거 아냐?"

지빈이 장난스럽게 코웃음 쳤다. 그러자 가람이 물뿌리개를 치켜들고 사방에 버려진 물건들을 가리키며 말했다.

"포장지, 옷, 가전제품, 화장품까지. 플라스틱 소재는 거의 모든 것에 들어가니까. 처음에는 PHA 소재만 버리는 곳이었지만, 사람들이 소재를 일일이 따지기는 번거롭잖아. 위치도 서울 한복판이라 찾아오는 사람도 많은데 우리가 일일이 검열할 수도 없고. 뭐, 이제는 누구나 쉽게 들러 아무 물건이나 버리고 가는 공간이 되어버렸지."

"그렇게 많은 쓰레기가 모이면 처리는 어떻게 해?"

"여기 로봇들이 쓰레기 세척만 하는 게 아니야. PHA만 선별해 분해 속도에 맞춰 차례대로 화단에 심고 있어. PHA가 아닌 쓰레기들은 그대로 산더미에 뒀다가, 한 달에 한 번 소각장으로 수거해 가지."

"알면 알수록 신기한 곳이네."

가람의 대답을 들으며 지빈은 수첩을 주머니에 넣었다.

가람이 중얼거렸다.

"마치 바다 같아. 남겨진 짐을 처리하는 이삿짐센터, 아무도 원하지 않는 물건을 처분하는 자선단체, 지나가는 방문객까지… 수많은 사람의 손에 떠밀리고 떠밀려 마침내 여기로 오는 거야."

지빈은 가람을 향해 고개를 돌렸다. 그리고 그가 손을 찔러 넣지 않은 쪽의 청재킷 주머니에서 익숙한 푸른 티켓을 발견했다.

"그 티켓."

지빈이 그녀의 티켓을 꺼내 보였다. 치아루에게 받았던 티켓 두 장 중 한 장이 아직 남아 있었다.

"나도 같은 티켓을 가지고 있어. 수중무용 공연을 보러 가는 거지?"

그러나 가람은 시큰둥한 표정이었다.

"글쎄. 그냥 버려버릴까 생각 중이었어. 날이 흐리기도 하고."

지빈은 얼마 전에 치아루와 협력을 약속했던 작당모의를 떠올렸다.

"그래도 가자. 그 무용가, 실력 있는 사람이랬어."

물뿌리개를 휘적거리던 그가 갑자기 고개를 홱 돌리는

바람에 하마터면 지빈에게도 물줄기가 튈 뻔했다.

"나한테 공연이나 가자고 여기 온 건 아닐 테고."

꺅 소리를 지르며 눈을 감는 지빈을 아랑곳하지 않고 그가 물었다.

"찾고 있던 물건은 찾았어?"

지빈은 눈을 흘기며 마지못해 입을 열었다.

"생각지도 못한 걸 발견하기는 했지."

주머니에 찔러 넣은 수첩을 힐끗 쳐다 보며 지빈이 대답했다. 그러거나 말거나, 가람은 다시 돌아서서 잡동사니들 사이사이 피어난 들꽃들에 물을 휘날리고 있었다. 지빈은 밀렵꾼들이 판을 치고 있을지 모르는 서천꽃밭에서 유유자적 콧노래를 흥얼거리며 화단 바깥의 꽃들까지 세심히 물을 주고 있는 그도 나사 하나가 빠진 것 같다는 느낌이 들었다. 그러다 지빈의 얼굴 위로 물줄기들이 토도독 떨어졌다. 가람이 또다시 시건방진 웃음을 지었다.

"그게 서천꽃밭의 묘미지. 눈을 크게 뜨고 힘을 빼. 생각 하나에만 사로잡혀 있으면 사방에 흩어져 있는 다른 보물들을 놓치게 되거든."

가람은 함께 공연을 보러 가자는 지빈의 말에 끝까지

확실한 대답을 들려주지 않았다. 서천꽃밭에서 아무런 수확 없이 집에 가기 아쉬웠던 지빈은 혼자 공연장을 찾았다. 그런데 공연장에 입장한 순간, 수조를 바라보고 있는 가람이 그녀의 눈에 들어왔다. 함께 온 일행끼리 모여 속닥거리는 관중 속에서 혼자 수조를 물끄러미 응시하고 있는 가람은 한눈에 띄었다.

"왔구나?"

지빈이 알은체하며 그의 옆에 섰다. 공연이 시작하기까지는 여유가 있었다. 지빈은 그가 공연장에 자주 온다던 치아루의 말을 떠올렸다.

"치아루의 춤을 좋아해?"

가람의 눈길이 수조에서 지빈에게로 옮겨졌다. 그리고 곧 지빈이 들고 있는 젖은 우산으로 향했다.

"수중무용을 좋아해."

지빈은 수조 안을 들여다봤다. 물결이 일렁이지 않고 정체되어 있는 투명한 수조는 마치 파란 진공상태 같았다. 가람은 치아루의 춤을 좋아한다고 하지 않았다. 치아루의 춤을 좋아하냐는 그녀의 물음에 그는 수중무용을 좋아한다고 답했다. 지빈은 치아루가 가야 할 길이 제법 남아 있다고 생각했다.

"공연을 자주 봐?"

"종종. 일하는 데랑 가까우니까."

지빈은 그가 서천꽃밭에서 밀렵꾼을 쫓아내고 로봇을 정비한다는 사실을 떠올렸다.

"정비사가 되려는 거야?"

"글쎄."

그는 모호하게 대답했다. 어쩐지 아까부터 대답에 성의가 없는 듯해 지빈은 그를 쏘아봤다. 집요한 눈길에 그가 부연 설명을 늘어놓았다.

"나는 어쩌다 뭐가 되는 사람이고 싶어. 딱히 정해놓고 싶지 않다는 소리야."

"왜?"

지빈에게 가람의 발언은 그를 단번에 미지의 영역으로 밀어 넣었다. 지빈이 가지는 모든 불안은 미래에 대한 불확신에서 기인했다. 가람은 지금 그녀가 가진 불만족스러운 진단에 대한 모든 원인, 불확실성이 그가 바라는 이상향이라고 표명하고 있었다. 설명을 요구하는 지빈의 눈에 가람이 뭘 그런 걸 물어보냐는 듯 웃으며 대답했다.

"그냥, 뻔하면 재미없으니까?"

그는 참을 수 없을 정도로 따분하고 단조롭던 지빈의

삶을 정반대의 가치로 단번에 정의 내리며 다시 파란 수조로 고개를 돌렸다. 때마침 조명이 어두워지면서 공연 시작을 안내하는 방송이 흘러나왔다.

음악 소리와 함께 치아루가 물속에 나타났다. 지빈은 치아루의 춤을 보면서 이전에 느꼈던 감정을 다시 한번 느꼈다. 그의 움직임과 눈동자는 지빈으로 하여금 권태를 벗어나게 하고 동경과 갈증을 일으켰다. 지빈은 바닷속에 더 깊이 잠기며 두근거리는 마음으로 그의 춤에 빠져들었다.

공연이 끝나고 지빈은 가람과 함께 치아루의 대기실로 찾아갔다. 대기실에 서 있는 그는 여전히 젖은 채로 목에 수건을 두르고 있었다. 치아루의 눈은 공연 때보다 한풀 가라앉아 있었지만, 여전히 흥분과 생기로 반짝거리고 있었다. 가람과 지빈을 발견한 치아루가 그들에게 물었다.

"같이 있었어요?"

"서천꽃밭에서 만났어요. 잃어버린 사진을 찾고 있었거든요."

"잃어버린 사진?"

"네, 못 찾았지만요."

치아루와 지빈이 대화하는 동안 대기실을 구경하며 딴청을 피우던 가람이 별안간 지빈을 돌아보며 물었다.

"그 사진, 중요한 거야?"

지빈은 잠시 동안 대답할 수 없었다. 번거로울 뿐이지 사진이야 사진관에서 다시 돈을 주고 인화할 수도 있었고, 다시 촬영할 수도 있었다. 사실 사진을 다시 구하지 않고 이 대로 지원서 작성을 멈춘다고 해도, 지빈은 그다지 상심하 거나 상관하지 않을 것이다. 그런데 서천꽃밭에서 지빈의 머릿속을 가격했던 가람의 질문이, 그녀를 가본 적 없는 심 해로 끌어내리는 듯했던 치아루의 춤이, 지빈의 입 밖으로 새빨간 거짓말을 꺼내놓게 했다.

"중요해."

인식 불가

하늘은 붓질로 뭉개놓은 수채화처럼 금방이라도 빗줄기를 쏟아낼 듯 흐렸다. 물 냄새가 밴 축축한 공기를 헤치고 가람이 지빈과 치아루를 데려간 곳은 고치바 사옥이었다. 지빈은 처음으로 서천꽃밭을 지나 넓은 마당으로 나왔다. 야근을 했는지 지친 표정으로 대문을 향하는 직원이 이따금 지나가는 때를 빼면 마당은 한적했다.

"직원들이 찾아야 하는 것이 있을 때 탐색 로봇을 대여하는 곳이 있어."

가람이 사원증을 찍고 중문으로 들어가며 설명했다. 중문을 넘어선 마당에는 지붕에 기와를 화려하게 휘두른 한옥들이 즐비해 있었다. 어두운 밤의 고치바는 처마 밑의 주홍

빛 등불들이 단청과 기와를 은은하게 밝히며 신비로운 분위기를 더했다. 가람이 거대한 한옥들 사이를 지나 지빈과 치아루를 데려간 곳은 고요했던 다른 곳들과 달랐다. 고소한 음식 냄새가 나고 믹서와 진공청소기가 작동하는 소음이 요란하게 들려왔다. 가람이 앞장서 걸어가며 말했다.

"시끌벅적하지? PHA 공장은 스물네 시간 가동이라."

"공장이라면 방앗간?"

치아루가 중얼거리자 가람이 그를 가리키며 외쳤다.

"정답!"

그가 옆에 늘어서 있는 한옥들을 가리키며 설명했다.

"탐색 로봇은 주로 방앗간의 연구원들이 사람들이 서천 꽃밭에 버리고 간 PHA 소재의 물건을 찾을 때 쓰거든. 그래서 이곳에서 대여할 수 있어."

지빈은 그들이 지나고 있는 한옥 건물들의 처마 아래나 미닫이문 위에 달려 있는 현판들을 읽었다. 제7방앗간, 그 옆 건물은 제6방앗간… 그렇게 그들이 도착한 곳은 제2방앗간이었다. 가람이 먼저 미닫이문을 열고 들어가며 말했다.

"안녕하세요. 탐색 로봇을 대여하려고요."

방앗간에는 거대한 깔때기가 부착된 세탁기 모양의 기계가 여러 대 설치되어 있었다. 그들은 호스로 연결된 채 공간을 둘러싸고 있었다. 기계들 앞에는 태블릿을 들고 운용 상태를 확인하는 연구원들이 하얀 가운을 입고 서 있었다. 중년의 여자가 돌아보더니 가람의 얼굴을 발견하고 반가운 미소를 지었다.

"마침 잘 왔구나. 저녁을 먹으려던 참이었는데."

"아직 안 드셨어요? 구내식당은 닫았을 텐데요."

가람의 물음에 연구원이 한숨을 쉬며 고개를 저었다.

"제1방앗간에서 계속 발효식품을 보내는 바람에 도통 쉴 수가 있어야지. 이제 더 들어오는 원료가 없으니까 숨 좀 돌릴 수 있겠어."

여자가 포대를 거꾸로 뒤집어 깔때기에 탈탈 털어내며 말했다. 포대에서 떨어져 깔때기 안으로 들어가는 것들은 콩이었다. 연구원이 친절하게 말했다.

"우리끼리라도 간단히 해 먹으려고. 먹고 가. 아까 곳간에서 재료를 많이 가져왔어."

"잠깐, 여기 갈다 남은 막걸리도 있어."

다른 연구원이 믹서에서 깔때기를 떼며 흥겹게 말했다.

"난 김치보다 막걸리를 갈 때가 더 좋더라. 입자가 고와 미생물도 더 빨리 추출되고, 무엇보다 냄새가 좋아."

기계들이 즐비한 끝에는 아궁이 위로 솥이 팔팔 끓으며

물이 넘쳐흐르고 있었다. 지빈이 연구원들을 급하게 돌아보며 말했다.

"불을 줄여야 할 것 같아요!"

연구원이 물 한 컵을 냄비에 붓자 팔팔 끓어오르던 물이 가라앉았다.

"이럴 땐 찬물을 부으면 돼. 물이 끓는다고 불의 세기를 줄여버리면 면발이 탱탱하지 않아. 적정한 비율의 뜨거운 물과 찬물이 모두 필요한 거야."

연구원이 설명하며 믹서를 거쳐 나온 콩국에 소금 간을 하고서 얼음과 함께 그릇에 담았다. 불을 끄고 국수를 건져 차가운 물에 헹군 뒤 콩국에 넣고 김치를 꺼내오자 먹음직한 한 상이 차려졌다. 연구원이 식탁 앞에 앉으며 물었다.

"탐색 로봇을 대여하고 싶다고? 용도는?"

"서천꽃밭에서 사진을 잃어버렸어요."

가람이 콩국수를 입안 가득 넣고 우물거리며 대답했다. 지빈도 콩국수를 한 입 먹었다. 시원하고 고소한 국물이 밴 국수는 면발이 탱글탱글했다.

"지금쯤이면 PHA 플라스틱이 아닌 물건들은 이미 수거해서 소각장으로 이송했을 거야. 소각장은 관계자 외 출입 제한 구역이야. 위험하거든."

연구원이 설명했다.

"이를 어째. 꼭 찾아야 하는 물건이니?"

연구원이 묻자 가람은 지빈을 쳐다봤다. 대답을 기다리는 사람들의 시선을 한 몸에 받으며 지빈은 '반드시 찾아내야 해요! 이건 저에게 정말 중요한 일이라고요!'라고 말해야만 할 것 같은 기분에 휩싸였다. 머릿속으로는 사진을 콩알만큼도 신경 쓰지 않는 것을 의식하면서… 지빈은 뇌가 퉁퉁 불은 국수가 되어버리는 느낌이었다. 적정한 비율을 따지지 않고 뜨거운 물과 찬물을 이리저리 부어댔다가 어중간한 물에 붕붕 떠버린 국수, 그래서 탱글탱글한 탄력을 잃고 흐물흐물 풀어져버린 국수…. 지빈은 흐느적거리는 국수처럼 말끝을 흐리며 희미하게 대답했다.

"어쩔 수 없죠. 괜찮아요."

식사가 끝나갈 즈음, 치아루는 시간을 확인하더니 저녁 훈련을 가야 한다며 가장 먼저 자리에서 일어났다. 그다음에는 가람이 내일 출근 준비를 해야 한다며 자리에서 일어났고, 마지막으로 남은 지빈도 식사를 끝낸 뒤 연구원들에게 인사를 하고 우산을 챙겨 밖으로 나왔다.

어느새 비가 폭포처럼 쏟아지고 있었다. 비를 피해 처마 아래 서 있는 가람이 보였다. 그는 조금이라도 젖는 것을 건딜 수 없다는 듯 벽에 바싹 붙어, 있는 힘껏 비를 노려보고 있었다.

"같이 쓸래?"

지빈의 물음에 가람이 고개를 돌렸다. 그는 우산을 힐끗 쳐다보고는 곧바로 눈길을 거뒀다.

"둘이 쓰기엔 너무 작아."

지빈은 인상을 쓰며 고개를 휙 돌렸다. 기껏 신경 써줬더니 까칠하기는.

"그래서, 차라리 비가 그치기를 기다린다고?"

"같이 썼다간 다 젖고 말 거야."

가람이 고집스럽게 대꾸했다.

"알아서 해라, 그럼."

지빈은 더 묻지 않고 돌아서 첨벙첨벙 버스 정거장으로 걸어갔다.

다음 날 아침, 지빈은 또다시 물속에 몸을 맡겼다. 지난밤 두 개의 지원서를 동시에 쓰느라 머리를 싸매다 잠든 것이다. 두 개의 지원서를 쓰면서 지빈의 머릿속은 복수 갈래의 가능성으로 헝클어질 대로 헝클어져버렸다.

지빈은 물결이 일렁이는 그림자가 조명 위로 움직이는

모습을 바라봤다. 그리고 물속에 더 깊이 잠기며 생각했다. 도저히 맞는 답을 예상할 수가 없었다. 머리를 물속에 처박고 싶다는 생각이 들었다. 온몸에 포개지는 물결에 둘러싸여 춤을 추던 치아루가 생각났다. 그는 언제나 자신이 무엇을 원하는지 명확히 알았다. 지빈은 자신의 고민에 관해 치아루가 했던 말을 떠올렸다. 알람 소리가 울리기도 전에 지빈은 욕조에서 몸을 일으켰다. 연구실에 갈 시간이었다.

"곧 사라질 언어를 뭐 하러 연구하는 거야?"
교수의 전화를 끊은 대학원생이 지빈의 곁으로 다가와 투덜거렸다.
"이런 연구 주제는 연구비 지원도 잘 안 해준단 말이야. 외국어 교육 방법이나 인공지능 언어 모델에만 집중하면 좋을 텐데."
지빈도 잠자코 대학원생의 말에 긍정했다. 교수가 발견하려는 가치는 지빈에게도 무용해 보였다. 그러나 치아루는 모든 핵심이 무용한 것에 있다고 했다. 지빈은 컴퓨터 화면의 똑같이 생긴 자료들을 아카이빙하는 업무를 이어나가며 때를 기다렸다. 마우스를 움직여 똑같이 생긴 폴더들을 클릭, 클릭, 클릭, 복사, 붙여넣기. 시간이 더디게 흘러갔다.

그러다 대학원생이 커피를 사러 연구실을 나가는 소리가 들렸다. 지빈은 책상 가장자리에 처박아뒀던 가방을 뒤적여 어제 서천꽃밭에서 주운 오래된 수첩을 꺼냈다.

지빈은 주변을 둘러봤다. 실험 부스가 있는 방에는 아무도 없었고, 연구실도 아무 기척이 없었다. 지빈은 신속하게 움직였다. 휴대전화로 수첩에 적힌 글자들을 스캔한 뒤 연구실 컴퓨터로 전송했다. 그리고 그 파일을 인공지능 프로그램으로 옮긴 뒤 프롬프트를 입력했다. 지빈은 숨죽이고 결과를 기다렸다. 짧은 로딩 끝에 인공지능이 글자들을 분석한 결과가 나왔다.

'인식 불가.'

지빈은 맥이 빠져 의자 등받이에 그대로 몸을 쏟았다.

연구실에서 퇴근한 지빈은 서천꽃밭으로 향했다. 쪽문을 열고 서천꽃밭에 들어간 지빈은 고개를 두리번거렸다.

"나 찾아?"

익숙한 목소리가 들려왔다. 고개를 돌리니 멀지 않은 거리에 가람이 플라스틱 산더미 중턱에 앉아 있었다. 지빈은 버려진 물건들을 밟고 산을 올라 그가 앉아 있는 곳으로 다가갔다. 발아래에서 꿈틀꿈틀 잡동사니들이 움직이는 감

촉이 느껴졌다. 가람은 로봇의 뚜껑을 열고 유선 연결한 컴퓨터 앞에서 코딩 프로그램을 조작하고 있었다. 지빈은 그가 로봇을 정비한다는 사실을 기억하고 말을 꺼냈다.

"인공지능이 인식하지 못하는 언어가 있어."

"고장 난 거야?"

"그건 아니야."

"그럼 소수 민족의 언어이거나 사라진 언어이거나."

가람이 말하며 컴퓨터 화면에 띄워둔 창을 닫았다. 그리고 유선 단자를 빼고 로봇의 뚜껑을 닫으며 지빈에게 말했다.

"인공지능은 데이터를 기반으로 작동해. 먼저 일정량 이상 데이터가 축적되어야 머신 러닝이 가능하지. 인공지능이 인식하지 못한다는 건 입력된 정보, 그 언어에 대한 학습 데이터가 충분하지 않다는 거야. 쓰는 사람이 정말 소수이거나 더 이상 그 언어를 아예 쓰지 않거나 둘 중 하나겠지."

지지직, 로봇에서 소리가 들리며 불이 켜졌다.

"그런데 그런 언어는 알아서 뭐 하게?"

그가 지빈을 올려다보며 물었다. 수리된 로봇은 아무일도 없었다는 듯 산을 내려가 수행하던 업무를 이어갔다. 지빈은 로봇이 화단의 꽃에 물을 주는 모습을 말없이 바라봤다. 지빈이 아무 말도 하지 않자 가람이 질문을 바꿨다.

"여긴 뭐 하러 왔어?"

지빈은 대답을 고민했다. 그제야 문득 자신이 이곳에 온 이유를 인지하고 있지 않다는 사실을 의식했다. 어제 우연히 주운 수첩과 같은 자료를 더 찾고 싶어서? 아니면 수첩의 주인을 만나고 싶어서?

"그냥 지나가다 들렀어."

지빈이 둘러댔다.

"퇴근하고 치아루의 공연에 갈 건데, 너도 갈래?"

지빈은 그렇게 묻는 가람의 목소리가 미묘하게 들떠 있는 것을 눈치챘다. 티켓을 바라보는 눈빛에 기대감이 어려 있었다. 지빈은 치아루의 전략이 착실하게 수행되고 있음을 알아차렸다. 치아루는 자신이 원하는 것을 명확하게 안다. 그리고 그것을 이룰 것이다. 그런데 나는?

"난 안 가."

지빈이 대답했다. 가람은 더 캐묻지 않고 수리도구함을 들고 자리에서 일어나 산에서 훌훌 내려가며 말했다.

"여섯 시에 문 닫으니까 그 전엔 가라."

지빈은 산을 곧바로 내려가지 않고 근처를 맴돌았다. 버려진 물건들을 둘러봤지만 역시나 특별한 것은 보이지 않았다. 한참 동안 산 아래를 헤매는데, 멀찍이서 서천꽃밭을 둘러보던 중년의 남자가 주위를 살피며 지빈에게 다가와 목소리를 낮춰 물었다.

"아가씨는 뭘 찾아요?"

지빈이 당황하자 그가 다 안다는 표정으로 속닥거렸다.

"보니까 계속해서 산 주변을 서성이면서 플라스틱들을 살피는 게 그냥 방문객은 아니더라고."

그는 말을 하는 와중에도 끊임없이 주변을 살폈다.

"괜찮아요. 고발할 거 아니니까. 사실 나도 같은 처지라. 이건 내가 찾은 노하우인데, 벽을 따라 가장자리로 걸어요. 그쪽은 로봇이 잘 보지 못하거든."

그가 말하며 내밀어 보인 왼팔은 어깻죽지부터 손목까지 붕대로 칭칭 감겨 있었다.

"물류 창고에서 일하다가 화재가 나는 바람에 이렇게 되었지. 아가씨는 겉보기에 멀쩡한데 무슨 사연이 있는지 궁금해서 그래."

지빈은 그제야 이전에 만난 실험 참가자가 했던 말을 떠올리며, 그가 팔을 수술하기 위해서 바이오 플라스틱을 찾으러 온 밀렵꾼이라는 사실을 알아차렸다. 지빈이 손사래를 치며 말했다.

"아니에요. 저는 플라스틱을 찾는 게 아니에요."

쉬쉬! 지빈에게 목소리를 낮추라는 듯 다급하게 속삭이며 그가 주변을 살폈다.

"조심해요. 여기 관리인이 아주 난폭하거든. 조금이라도 수상한 조짐이 보이면 로봇들을 조종해서 인정사정없이 끌어내요."

그는 로봇들이 그들의 대화를 듣지 못한 것을 확인하고 지빈을 돌아보며 물었다.

"그럼 뭘 찾는데요?"

그 물음에 지빈은 아무 대답도 할 수 없었다. 그렇게 바보가 된 것 같은 기분은 처음이었다. 산 어딘가에 버려진 시계가 요란하게 알람을 울리며 여섯 시가 되었음을 알렸다. 지빈은 어떤 것에도 확신을 가지지 못하는 자신에게 화가 난 채로 서천꽃밭을 나왔다.

지빈은 마당으로 나와서야 어느새 비가 내리고 있었다는 사실을 알아챘다. 마당에 설치된 배수로들로 물이 흐르며 바닥은 마치 여러 갈래의 강이 흐르는 것 같았다. 지빈은 우산을 들고 오지 않았다. 그녀는 아무런 계획도 없었던 것이다. 내리는 비를 온전히 맞으며 지빈은 비를 피하러 다시 서천꽃밭 처마 밑으로 갈지, 비를 맞으며 버스 정거장으로 뛰어갈지 고민했다. 뒤에서 첨벙첨벙 물 밟는 소리가 들려왔다. 가람이 서천꽃밭 문을 잠그고 우산을 쓰며 걸어 나오고 있었다. 지빈을 발견한 그가 걸음을 멈췄다.

"가는 거야?"

지빈은 머릿속에 줄곧 맴돌던 문장을 그대로 내뱉었다.

"나도 모르겠어."

스스로 새삼스러운 진단을 완성하자 줄곧 꿈속처럼 흐리멍덩하게 느껴지던 차가운 빗줄기가 온몸을 때리는 촉감이 선명하게 의식되었다. 머리카락이 뺨에 달라붙고 얼굴이 축축하게 젖어갔다. 지빈이 가람을 보고 다시 한번 말했다.

"나도 모르겠다고."

가람은 그것이 자신의 질문에 대한 대답이 아니라는 것을 알았다. 그는 말없이 지빈의 머리 위로 우산을 씌워줬다. 그의 우산은 둘이 쓰고도 한참 남을 만큼 거대했다.

가람은 그날따라 이상하게 행동하는 지빈이 신경 쓰였는지, 우산을 씌워 그녀를 버스 정거장까지 데려다줬다. 다행히 그는 그녀가 대답하기 어려운 질문들은 더 이상 하지 않았다. 대신 전혀 다른 질문을 던졌다.

"아까 인식이 안 된다는 언어는 어쩌다 알게 된 거야?"

지빈은 가람에게 자신이 언어학 연구실에서 일한다는

사실과 함께 서천꽃밭에서 주웠던 낯선 언어가 적힌 수첩에 관해 들려줬다. 지빈이 한숨을 쉬며 덧붙였다.

"교수님이 돌아오시기 전까지 사라진 언어와 한국어에 능통한 실험 참가자를 구해야 하는데, 수첩의 주인이 누구인지를 알 수 없으니."

지빈이 애써 웃음을 지으며 가람을 돌아봤다.

"어쨌든, 오늘 우산 씌워줘서 고마워."

그들은 어느새 버스 정거장의 지붕 아래에 도착했다. 가람은 지빈의 인사에도 떠나지 않고 그 자리에 서 있었다.

"그거라면 내가 도와줄 수 있는데."

가람은 자신의 말을 곧바로 이해하지 못한 지빈에게 덧붙여 설명했다.

"사라진 언어와 한국어에 능통한 실험 참가자를 찾는 일 말이야."

"너 설마, 수첩의 주인이 누구인지 아는 거야?"

가람은 지빈의 물음에 대답하는 대신, 씨익 시건방진 웃음을 지어 보였다.

"연구실 주소를 보내줘. 그럼 거기에서 보자."

변하지 않기를 기대했다고 해서
그대로인 것은 없었다

프랑스 바이어와의 미팅이 있고 일주일이 지났다. 지빈은 여느 때와 같이 고치바로 출근했다. 일기예보와 달리 장마는 아직 찾아오지 않았고, 마당의 장독을 부랴부랴 곳간으로 옮긴 직원들만 허탈했다. 지빈이 마른 장우산을 질질 끌며 행랑채의 사무실로 들어와 컴퓨터를 켜는데, 같은 부서 선배가 자리로 찾아와 탕비실에서 커피부터 마시자고 알은체를 했다. 그는 지빈보다 1년 먼저 입사해서 지빈의 인턴 시절부터 종종 책임이나 팀장의 기분을 귀띔해주며 도움을 주고는 했다. 그들은 탕비실로 나와 좌식 탁상을 사이에 두고 방석에 앉았다. 선배는 장독이 모두 옮겨지고 텅 빈 마당을 내다보며 고개를 설레설레 저었다.

"일기예보에서 예측한 날짜가 일주일은 지났는데도 여전히 비가 안 와. 이렇게 틀려서야."

그가 로봇이 다기에서 내리는 커피를 호로록 마시며 운을 뗐다.

"저번 프랑스 미팅 말이야."

지빈은 긴장하며 그의 말에 집중했다.

"네가 잘했다더라. 불량품 관련해서 앞으로 들어오는 건들 너한테 더 맡겨볼 생각인가봐."

선배가 지빈의 어깨를 톡톡 두드리며 말했다.

"아마 내일 팀장님이 너랑 따로 얘기할 거야. 그러니까 잘 생각해봐. 어떻게 얘기할지."

"잘 모르겠어요."

지빈이 멍하니 대답했다.

"편한 자리는 아니지만 어려울 것도 없어. 그냥 네가 뭘 하고 싶은지 솔직히 얘기하면 돼."

선배가 픽 웃었다. 그가 태양이 타오르는 하늘을 올려다보며 물었다.

"이제 와서 물어보기도 그런데, 너는 우리 회사 왜 들어왔나?"

지빈은 쌉쌀한 아메리카노를 삼키고는 대답했다.

"뭐, 이유랄 게 있나요. 그냥 어쩌다 하게 된 거죠."

대화 이후 마음이 괜스레 허전해진 지빈은 퇴근 후에 곧바로 집에 가지 않고 치아루의 가게로 향했다. 그러나 가게 문은 닫혀 있었고, 문에는 어떤 안내문도 붙어 있지 않았다. 지빈은 휴대전화를 켜 시간을 확인했다. 아직 늦지 않은 평일 퇴근 시간이었다.

'장사를 할 생각이 없구먼?'

지빈이 혀를 차며 키패드를 두들겼다.

[치아루, 너 어디야?]

다음 날 지빈은 평소보다 일찍 퇴근했다. 치아루는 아직도 문자에 답신이 없었다. 지빈은 치아루가 그의 가게 외에 있을 만한 곳을 생각했다. 사무실을 나온 지빈은 곧바로 대문을 나서지 않고 서천꽃밭으로 향했다. 다시 그 공간에 들어가는 일은 오랜만이었다. 지빈은 그해 여름 이후로 그곳을 방문한 적이 없었다. 입사 후에도 서천꽃밭에는 가지 않았던 것이다. 의식하지는 않았지만, 그동안 이곳을 회피해온 것일지도 몰랐다.

어제처럼 생생하게 느껴지는 수년 전 시간을 뒤로하고 다시 문을 열어본 서천꽃밭은 지빈의 기억 그대로 머물러 있었다. 쓰레기들로 이뤄진 산이 반짝거리고 식물들은 철저히 관리된 듯 말끔하게 다듬어져 있었다. 지빈은 플라스틱이 묻힌 화단 근처를 거닐었다. 시간이 얼마나 지났는지도 모르고 걷던 와중, 근처에서 서성거리던 중년의 남자가 다가와 말을 걸었다.

"아가씨도 플라스틱을 찾아요?"

'아직도 밀렵꾼이 있나.'

지빈이 고개를 들자 그가 주변을 살피고는 손으로 입을 가리며 속닥거렸다.

"가장자리를 따라 걸어요. 거기는 정찰 로봇이 인식하지 못하거든요."

목소리가 귓속에 흘러들며 머릿속에 날카롭게 꽂혔다. 익숙한 음성과 눈을 직면하며 심장이 삐걱거렸다. 지빈은 이전에도 같은 장소에서 같은 사람에게 같은 말을 들은 적이 있었다. 지빈은 저도 모르게 그를 불렀다.

"아저씨, 저 모르세요?"

그는 영문을 모르겠다는 듯 눈썹을 치켜올렸다가 넉살 좋게 웃었다.

"음? 우리가 본 적이 있던가? 미안하네, 내가 기억력이 안 좋아서."

서천꽃밭은 자신의 기억과 무서울 정도로 달라진 것 없이 그대로 멈춰 있었다. 그동안 애써 외면해왔지만, 이미 한번 마주한 진실의 단락은 더 이상 무시할 수가 없었다. 그래서 지빈은 서천꽃밭 쪽문으로 발걸음을 돌리는 대신, 망설일 새도 없이 산더미 중턱을 성큼성큼 올라 쓰레기 사이에 버려진 낡은 커튼을 젖혔다. 커튼을 젖히자 그 속에 감춰져 있던 오래된 움막이 드러났다.

움막 문가의 우편함에는 뜯지 않은 편지 봉투들이 쌓여 있었다. 지빈은 그제야 왜 한 번도 편지의 답신을 받지 못했는지 알 수 있었다. 서울특별시 고치바 서천꽃밭 산 오른편의 커튼 뒤. 편지 봉투 뒤편에 자신의 손 글씨로 적힌 주소를 확인하고 지빈은 도망치듯 서천꽃밭을 뛰쳐나왔다. 바깥은 비가 내리고 있었다.

오랜만의 비였다. 빗나가는 일기예보를 비웃듯 우람하게 천둥이 쳤다. 지빈은 곧장 치아루의 가게를 찾아갔다. 첨벙첨벙 빗물이 튀어 오르며 다리를 적셨다. 그러다 걸음을 멈췄다. 지빈은 생각을 바꿔 발길을 돌렸다. 지빈이 향한 곳은 철거 예정으로 폐쇄된 공연장의 수족관이었다. 출입 금지 펜스들을 지나치고 달려가 거대한 문을 열고 들어간 곳은 넓고 어두웠다. 그곳은 물고기는 없고 파란 수조들로 가득 차 있었다.

지빈은 젖은 발로 텅 빈 바다 같은 수조들 사이로 걸어 들어갔다. 물이 뚝뚝 떨어지며 발자국을 남겼다. 지빈은 거대한 수조 앞에 멈춰 섰다. 파란 수조를 물끄러미 바라보고 서 있던 치아루가 고개를 돌렸다. 그는 그 자리에 한없이 건조하게 서서 지빈이 익히 알고 있는 피곤에 지친 눈을 하고 있었다. 지빈은 그의 메마른 눈을 노려봤다. 지빈이 입을 열었다.

"왜 춤추는 걸 그만뒀어?"

길다면 길고 짧다면 짧은 시간이 지났다. 그 사이에 변한 것도 있고 그대로인 것도 있지만, 변하지 않기를 기대했다고 해서 그대로인 것은 없었다.

춤을 추는 시시포스

비가 영원할 것처럼 내리던 그해 여름, 치아루의 오랜 이상향이자 롤모델이던 아카시아 양의 내한 공연이 있었다. 손꼽아 기다리던 공연 날짜가 다가온 날, 말쑥하게 빼입은 치아루는 우산을 들고 물웅덩이를 구두로 밟으며 공연장에 찾아갔다. 로봇에 티켓을 확인받고 공연장에 들어가 좌석 번호를 찾아 앉은 뒤, 치아루는 떨리는 마음으로 공연이 시작하기를 기다렸다.

지빈에게도 전에 말한 적이 있는, 그의 꿈에 동기를 부여해준 이상향의 무대를 직관할 수 있는 순간이었다. 드디어 공연 시작을 안내하는 음성과 함께 조명이 어두워지며 붉은 커튼이 천천히 갈라졌다. 무대 아래 오케스트라의 연주가 공연의 시작을 알렸다.

부드러운 바이올린의 선율과 함께 무용수들이 가느다란 팔을 허공에 휘저으며 하나둘 걸어 나왔다. 중후한 첼로의 선율이 더해지며 마지막 무용수가 무대에 걸어 나왔다. 치아루는 허리를 꼿꼿하게 펴면서 눈동자로 무용수의 움직임을 쫓았다.

곡이 절정에 이르렀을 즈음, 아카시아 양은 다른 무용수들의 움직임에서 이탈해 회전하며 공중으로 뛰었다. 어느새 다른 무용수들도 서로 다른 춤을 추고 있었다. 그러다 오케스트라가 곡의 처음으로 돌아갔을 때, 무용수들은 이전의 움직임을 반복하지 않고 전혀 다른 춤사위를 벌였다. 디베르티스망에 접어들면서 엇갈리는 리듬에 따라 관절을 휘고 퉁기는 모습에 눈길을 사로잡히며, 치아루는 찌릿한 전기에 온몸이 휘감기는 느낌을 받았다.

공연이 끝나고 치아루는 붉은 달리아 꽃다발을 들고 아카시아 양의 대기실로 찾아갔다. 그녀는 환하게 웃는 얼굴로 그가 건네는 꽃다발을 받았다.

"몸을 움직이는 춤선이며, 감정을 표현하는 표정이며, 모든 게 연결되어 한 편의 서사가 느껴지는 공연이었어요. 어떻게 그렇게 춤을 출 수 있나요?"

치아루는 흥분을 가라앉히며 말을 이어갔다.

"저도 그렇게 완벽한 공연을 하고 싶은데 춤을 출 때마다 언제나 부족한 점이 보여요. 아무리 춤을 추고 춰도 만족할 수가 없어요."

아카시아 양은 꽃다발을 거울 앞에 놓으며 대답했다.

"다카포. 처음으로 돌아가라는 뜻이죠. 곡의 마지막에는 언제나 다카포가 있다고 상상하는 거예요. 곡의 마지막 춤을 추는 순간, 다시 처음으로 돌아가 춤을 추는 거예요."

되돌릴 수 있는 순간이 온다고 믿으면 더욱 무모하고 과감하게 춤을 출 수 있을까? 치아루는 그녀의 말을 마음에 새겼다.

서천꽃밭의 관리인에게 티켓을 전달한 이후, 그가 처음 대기실로 들어온 순간, 서늘하게 느껴질 정도로 무관심해 보이는 그의 눈에 치아루는 긴장했다. 이렇게 서늘한 사람의 온몸에도 찌릿한 전기를 휘두를 수 있을까, 치아루는 생각했다.

"빨리 오셨네요. 아직 제 공연 순서가 안 되었는데요."

대기실 안을 여유롭게 둘러보는 가람을 거울로 바라보며 치아루가 말을 걸었다. 가람이 거울 속의 치아루를 보며 입을 열었다.

"저를 찾는다는 무용수가 누구인지 몰라서요."

치아루는 시간을 확인했다. 곧 그가 무대로 뛰어들 시간이었다. 치아루는 미소를 꾸며냈다.

"아, 초대권을 전달한 분이 제 이름을 말하는 걸 깜빡했나보네요. 잠시만요. 공연을 준비해야 해서요."

치아루는 입고 있던 무대 의상의 매무새를 정돈하고 거울을 들여다봤다. 또 한 명의 무용수 공연이 끝나고 관중이 박수 치는 소리가 대기실 밖에서 들려왔다. 치아루는 호흡을 고르며 눈을 감았다. 이것은 공연 전마다 그가 치르는 성스러운 의식이었다. 눈을 뜨자 그를 지켜보던 가람이 무심한 목소리로 물었다.

"종교를 믿어요?"

"종교보다는 철학을 신봉해요. 그럼에도 나만의 신을 만들었죠. 저는 춤을 출 줄 아는 신을 믿어요."

치아루가 친절하게 대답하면서 자리에서 일어섰다. 화려한 무대 의상이 반짝거렸다. 가람은 치아루의 자리에 놓여 있는 책을 힐끗 쳐다보고 알은체를 했다.

"아, 니체를 읽는군요. 무용수들의 철학자죠."

"그는 춤을 추는 신을 믿었으니까요. 운명을 사랑하려

면 춤을 춰라!"

치아루가 몸을 돌려 가람을 정면으로 마주 봤다. 그리고 가람에게 되물었다.

"당신도 그런 신을 믿지 않나요? 종종 제 공연을 보러 온다고 들었는데요."

"저는 아무 무용수의 공연이나 본답니다."

"수중무용을 좋아해요?"

가람은 곧바로 대답하지 않았다. 끊이지 않는 장마로 창문에 부딪히는 빗소리가 쉴 새 없이 들려왔다. 가람은 그림을 감상하듯 창문을 쳐다봤다. 그가 마침내 입을 열었다.

"저는 물을 싫어합니다. 그래서 장마철이 고역이죠."

"무용수들이 물속에서 춤을 추는 모습은 대리만족인가요?"

치아루의 물음에 가람이 소리 내서 웃었다.

"그 이상이죠, 이상향."

그날 이후로 치아루는 가람에게 춤을 추는 신이 되기 위해 부단히도 노력했다. 치아루는 모든 공연마다 그에게 티켓을 보냈다. 그리고 매일같이 피부가 다 부르트도록 물속에서 춤을 췄다. 쪼글쪼글 무늬가 생기는 피부는 마치 비늘이 박히는 것 같았다. 그는 정말로 물속에서 춤을 추고 있으면 자신이 물고기가 되어가는 기분이었다. 차가운 물의 온도는 열기로 가려지고 찰랑거리는 감촉만이 그대로 느껴졌다. 그렇게 그는 매일 물속에서 물고기가 되어갔다.

가람은 자주 치아루의 공연을 감상했다. 치아루는 가람과 빠르게 가까워지며 그가 인공지능을 비롯한 컴퓨터공학을 독학하고, 고치바의 서천꽃밭에서 로봇 정비사로 아르바이트를 하고 있다는 사실을 알게 되었다. 치아루의 눈에 가람의 인생은 시대에 부합하는 최적의 선택들만으로 이뤄진 것 같았다.

원하는 걸 하나도 놓치지 않으려고 아등바등 애쓰는 자신과는 달라 보였다. 오히려 더 편안하고 자유로운 느낌까지 있었다. 그래서 치아루는 가람이 부럽기도 했다. 가람은 언제나 더 나은 결정을 내릴 수 있는 이성을 가지고 있었다. 무용수로 살면서 안락한 일상까지 누리겠다는 비이성적 결정 따위로 삶이 휘둘릴 일은 없어 보였다.

"무슨 책이야?"

서천꽃밭을 방문한 치아루가 가람이 읽고 있는 책을 보고 물었다.

"오늘 오전에 밀려왔어."

가람은 서천꽃밭에 새로운 물건이 들어올 때마다 그것이 '밀려왔다'라고 표현했다. 사람들의 손에 전해지고 전해져 이곳에 도달하는 것이 마치 해안가로 파도가 밀려오는 것과 비슷하다고 그렇게 말했다.

"밀려오는 대로 아무거나 보는 거야?"

가람이 읽고 있는 책은 심리학 서적이었다.

"인공지능을 다루다보니 궁금해져서. 우리가 뇌를 인위적으로 조작하고 설계할 수 있다면, 우리가 가지는 생각과 감정은 무슨 특별함을 가지는지 말이야."

"교양서적 몇 권으로 답을 찾기는 어려운 질문 같은데."

치아루가 장난스럽게 말하자 가람은 어깨를 으쓱였다.

"어쩔 수 없지."

게다가 그 여유, 아쉬울 게 없다는 그 태도란⋯ 치아루는 그것이 자신은 절대 가질 수 없는 자질이라는 걸 알았다.

그러다 가람이 여유를 잃은 모습을 목격한 적이 딱 한 번 있었다. 여느 때와 같이 치아루는 공연을 마치고 몸을 씻은 뒤 젖은 머리를 닦고 있었다. 갑자기 퍼붓는 비에 공연을 마친 다른 무용수들은 일찍 귀가를 하고 대기실은 텅 비어 있었다. 그래서 수건으로 머리를 비비던 중, 거울 너머로 자신 뒤에 서 있는 가람의 모습을 발견했을 때는 깜짝 놀랐다.

그는 머리카락이 목덜미에 달라붙어 물이 뚝뚝 떨어질 정도로 온몸이 축축하게 젖어 있었다.

"닦을 것 좀 줘."

가람이 다급하게 말했다. 그의 표정은 딱딱하게 굳고 눈은 겁에 질려 있었다. 치아루는 아무 말도 하지 않고 자리에서 일어나 마른 수건을 찾았다. 치아루가 수건을 건네자 그는 마치 오물이라도 뒤집어쓴 듯 머리카락 한 가닥까지 모조리 털어낼 기세로 온몸을 구석구석 닦았다. 치아루는 대기실을 둘러보다 의자에 앉으며 말했다.

"남은 우산이 하나밖에 없어. 비가 그치면 나가자."

가람은 대답하지 않았다. 치아루는 온몸을 닦아내기에 정신없는 그를 지켜보다 물었다.

"왜 그렇게 비를 싫어해?"

가람은 대답하기 싫은 듯 주저하다가 마지못해 짤막하게 대꾸했다.

"기분 나쁜 기억이야."

단호한 말투에 치아루는 더 캐묻지 않았다.

두 사람은 말없이 비가 그치기를 기다렸다가 공연장을 나왔다. 그런데 건물을 나선 지 얼마 지나지 않아 비는 다시 내리기 시작했다. 급하게 펼쳐 든 우산은 성인 남성 둘을 온전히 덮어주기에 턱없이 작았다. 가람은 더 이상 발걸음을 움직일 수 없다는 듯 그 자리에 그대로 굳어버렸다. 역까지는 아직 한참이나 더 걸어야 했다. 주변에는 우산을 빌려 쓸 사람도, 비를 피할 건물도 없었다.

"뛰자."

꼿꼿하게 서 있는 가람에게 치아루가 말했다. 그러나 그의 얼굴을 본 순간, 치아루는 그럴 수 없다는 걸 알았다. 가람은 조각상처럼 꼼짝없이 서서 고개를 빳빳하게 쳐들고 쏟아지는 비를 하염없이 노려보고 있었다.

치아루는 들고 있던 우산을 가람에게 내밀었다. 굳어 있던 가람이 천천히 우산을 건네받자, 치아루는 우산 아래에서 물러나 빗속으로 나왔다. 머리끝부터 신발 뒤꿈치까지 온몸 전체가 순식간에 젖어들었다. 하지만 치아루는 전혀 개의치 않는다는 듯, 우산 아래 서 있는 가람에게 손짓으로 걸음을 재촉했다. 우산을 있는 힘껏 쥐고 있던 가람은 마지못해 천천히 걸음을 뗐다. 둘은 그렇게 빗속을 걸었다.

경직된 가람의 표정을 보며, 치아루는 가람이 수중무용을 감상하는 것에 관해 했던 얘기를 상기했다. 이상향. 치아루는 자신이 무엇을 해야 할지 알았다. 어쩌면 기회일지도 몰랐다. 지금 이곳은 치아루에게 가장 편안하고 익숙한 형태의 공간이었다. 그리고 가람은 치아루의 세계에 들어와 있었다. 얄미울 정도로 언제나 가득 차 있던 여유와 자신감은 사라지고, 바짝 겁에 질린 채로. 치아루는 손끝을 내밀어 전에 수조에서 추던 춤사위를 장난스럽게 시늉했다.

"바보 같아."

완전히 젖은 치아루의 모습을 지켜보던 가람이 이윽고 감상평을 남겼다. 그러나 치아루는 뭐가 문제냐는 듯 가람을 쳐다봤다.

"매일 물속에 있는 사람이 물에 익숙한 게 어때서?"

가람은 한숨을 쉬며 핀잔을 주려다 빗줄기를 끌어안으며 회전하는 치아루를 말없이 쳐다봤다. 거세게 쏟아지는 빗속 자그마한 우산 밑에 서서 어깨 끝과 옷소매가 젖어 들어가는 것도 까맣게 모른 채, 가람의 시선은 치아루의 몸짓을 따라 빗속에서 춤을 췄다.

"유가람이 네 공연을 많이 좋아하더라. 네가 말한 대로 되어가는 것 같아."

지빈의 말대로 가람은 치아루의 공연에 더 자주 오기 시작했다. 그는 치아루가 티켓을 주지 않은 날에도 공연을 보러 와 씨익 웃으며 이렇게 얘기하고는 했다.

"너무 자주 오나? 비가 오는 날이면 네 공연을 찾게 돼. 그러고 싶어져."

가람을 세워두고 비를 맞던 날, 빗속에서 춤사위를 이어가며 빙그르르 돌아가는 시선 속에서 어느덧 긴장을 풀고 웃는 그의 얼굴을 언뜻 본 것도 같았다. 그 이후로 춤을 출 때면 가람의 시선이 자신의 움직임 하나하나를 집요하게 쫓는 것을 느꼈다. 치아루는 더욱 연습에 매달렸다. 치아루의 춤에 대한 가람의 애정은 완벽한 공연에 대한 치아루의 욕망에 불을 지폈다. 치아루는 물속에서 무수히 많은 다카포를 외치며 춤을 췄다.

그러나 치아루의 의지와 별개로 종아리의 통증은 무심하게 진행되고 있었다. 치아루는 점점 더 무리하고 있었다. 과도한 연습으로 악화된 통증은 종아리에서 아득바득 다리를 타고 올라와 치아루를 불안하게 했다.

'시간이 얼마 남지 않았어.'

마치 그 사실을 치아루에게 끊임없이 자각시키는 것 같았다. 전국 대회가 점차 가까워졌다. 더욱 강하게 옥죄어오는 그의 다리를 상대하며 의사는 고개를 저었다. '이대로 가면 선수 생활을 오래 하기 힘들 겁니다.' 의사의 예언이 귓가에 종소리처럼 울려댔다. 스멀스멀 전신을 타고 올라오는 통증에 치아루는 금방이라도 무너질 듯한 기분이었다.

치아루는 서천꽃밭에서 산과 화단을 서성이며 광산의 보석처럼 콕콕 박혀 있는 플라스틱을 찾았다. 한참을 거닐다가 말도 안 되는 가능성에 매달리는 자신의 꼴이 우습게 느껴졌다. 그때 멀지 않은 거리에서 요란한 소음이 들렸다. 치아루는 고개를 돌려 소란의 출처를 확인했다. 밀렵꾼을 쫓는 가람이 순식간에 치아루를 지나쳤다.

찰나였지만 치아루는 가람의 모습을 가까이에서 목격했다. 집요하게 사냥감을 쫓는 눈이 반짝이고 있었다. 그는 정말 즐거워 보였다. 확연한 속도 차이에 문밖으로 나가지 못할 것을 직감한 밀렵꾼이 산더미 너머 쓰레기들 사이에 숨었다. 그러나 가람은 밀렵꾼의 생각보다 예리하고 민첩했다. 어딘가 조용해진 분위기에 위화감을 느낀 밀렵꾼이 쓰레기 더미 위로 고개를 들었고, 둘의 눈이 마주쳤다. 정찰 로봇에 포박되어 끌려가는 밀렵꾼의 비명이 서천꽃밭에 울려 퍼졌다.

그 과정을 지켜본 치아루는 그것이 마치 자신의 미래를 선고하는 소리인 듯 섬뜩한 느낌이 들었다. 밀렵꾼을 잡았을 때 가람이 지은 환한 웃음이 치아루의 뇌리에 뚜렷하게 각인되었다. 어느덧 밀렵꾼의 모습은 보이지 않았다. 가람이 치아루를 발견하고 다가왔다.

"밀렵꾼을 내보낸 거야?"

"요즘따라 안 보인다 했더니 한탕 했지."

가람은 일을 마무리하고 이전에 읽고 있던 책을 다시 펼쳐 들었다. 그의 손에 들린 카뮈의 《시시포스 신화》는 치아루도 언젠가 대학 교양 강의에서 들은 기억이 있었다. 시시포스는 바위를 굴려 산꼭대기로 올라간다. 산꼭대기에 올려놓은 바위는 산 아래로 굴러떨어진다. 그럼 시시포스는 다시 바위를 굴려 산꼭대기로 올라간다. 그러면 바위는 또다시 산 아래로 굴러떨어진다. 시시포스는 다시 바위를 굴리고, 떨어지고, 굴리고, 떨어지고… 여기서 질문, 시시포스는 행복한가?

"그런데 너, 대회를 앞둔 것치고 너무 자주 오는데?"

가람이 플라스틱 산 중턱에 털썩 앉으며 말했다. 치아루는 바로 답하지 않고 잠자코 있었다. 지금 그의 관심은 전국 대회도 플라스틱도 아닌, 밀렵꾼을 쫓아가던 가람의 모습에 쏠려 있었다.

"너는 왜 항상 그렇게 일을 드라마틱하게 만들어? 쫓아가지 않고 바로 정찰 로봇을 부르면 그만이잖아."

치아루가 따지듯 물었다. 가람은 산더미 위를 달리느라

옷에 달라붙은 쓰레기와 꽃잎들을 털어내며 웃었다.

"그럼 재미없잖아."

치아루는 잠깐 동안 아무 말도 하지 않았다. 그러다 다시 입을 열었다.

"왜?"

가람이 무슨 말이냐는 듯 치아루를 쳐다봤다. 치아루는 자신이 무슨 말을 하는지 의식할 새도 없이 화를 내고 있었다.

"정말 필요했을지도 모르잖아. 네가 잡아버린 그 사람 말이야."

가람이 치아루의 표정을 살피다 말했다.

"치아루, 너 지금 예민해. 대회를 앞두고 긴장했잖아."

어린아이를 달래는 듯한 말투가 오히려 치아루의 성미를 건드렸다. 치아루가 비아냥거렸다.

"하긴, 너는 모르겠지. 뭔가를 간절히 원해본 적도 없잖아."

가람은 아무 말도 하지 않고 치아루의 얼굴을 살폈다. 이 상황에도 가람은 화를 내기보다 무슨 연유로 치아루가 날카롭게 행동하는지 파악하려 하고 있었다. 치아루는 가람의 그런 여유가 싫었다. 마침내 가람이 입을 열었다.

"치아루, 너는 먼 미래와 이상밖에 볼 줄 몰라. 나는 커다란 꿈을 경계해. 그런 거대한 이상은 지금 내 주변에 있는 것들이 하찮게 느껴지게 만들어. 나한테는 먼 미래에 이뤄질 커다란 꿈보다 그날그날의 작은 목표와 성취들이 더 중요해."

하지만 치아루에게는 가람이 하는 말들이 진부하게 느껴질 뿐이었다. 그런 시시한 것들을 위해 정작 중요한 것에는 신경도 쓰지 않는 가람을 이해하고 싶지 않았다. 아무렇지 않게 밀렵꾼을 포획하고 어차피 버려질 플라스틱을 빼앗으면서 그럴 수밖에 없다고 이유를 갖다 붙이는 그가 틀렸다고 짚어주고 싶었다. 치아루는 가람을 처음 만났던 순간부터 줄곧 목구멍에 맴돌던 말을 끄집어냈다.

"나도 플라스틱이 필요해."

치아루는 더없이 차분하고 정제된 말투로 그 말을 꺼내며 가람을 마주 봤다. 가람의 여유 만만하던 표정은 한순간에 사라졌다. 그러나 이내 다른 밀렵꾼을 마주할 때와 같은 표정으로 돌아가는 얼굴을 직면한 순간, 치아루는 산꼭대기 아래로 굴러떨어지는 바위를 내려다보는 시시포스가 된 기분이었다.

"종아리 근육이 약하대. 이대로는 물속에서 춤을 추기

어려울 거야."

저도 모르게 말이 길어졌다. 그런데도 동요하지 않는 가람을 노려보며, 치아루는 그의 이름을 힘줘 불렀다.

"유가람, 너는 나한테 춤이 얼마나 중요한지 알잖아."

치아루가 절실하게 속삭였다.

"아니, 너도 내 춤을 계속 보고 싶잖아. 응?"

그리고 쿵, 묵직한 소리를 내며 바위는 밑바닥에 부딪힌다. 여기서 질문, 시시포스는 계속 바위를 굴려야 하는가?

사라진 언어로 쓰인 시

지빈은 창문에 비 부딪히는 소리만 유일하게 들려오는 적막한 연구실에서 마우스를 딸깍이고 있었다. 그러다 이따금 모니터 화면의 시간을 힐끔힐끔 곁눈질했다. 그녀는 곧 도착할 손님을 기다리고 있었다. 약속한 시각이 되어도 아무 소리가 들리지 않아 전화를 걸어볼까 하는 순간, 바깥에서 분주한 발소리가 들리더니 문이 벌컥 열리고 대학원생이 고개를 내밀었다. 대학원생은 하얗게 질린 얼굴로 지빈에게 예상 밖의 말을 전했다.

"교수님이 돌아왔어. 자료 수집이 예상보다 일찍 끝나 빨리 돌아왔대."

지빈이 무선 이어폰을 귀에서 빼기가 무섭게 교수가 작

은 방으로 들어왔다.

"안녕하세요, 교수님."

"학생도 오랜만이네. 잘 지냈죠?"

교수가 웃으며 인사했다.

"학생은 몇 학년이라고 했더라? 미안해요. 내가 이런 걸 잘 기억 못 해서."

교수는 지빈이 몇 학년인지 물어본 적이 없었다.

"4학년이요, 교수님."

"졸업하고 우리 연구실로 올 생각이 있나?"

지빈의 표정을 본 교수가 허허 웃었다.

"농담이네."

교수는 예상보다 이른 귀국 때문인지 유난히 기분이 좋아 보였다.

"실험 참가자는 구해놓았나?"

교수의 질문에 대학원생의 두 눈이 불안하게 흔들렸다. 지빈이 재빨리 대답했다.

"제 친구가 사라진 언어와 한국어를 모두 구사하는 사람을 알고 있다고 실험 참가자로 소개해주기로 했어요. 마침 그 친구가 오늘 연구실에 방문하기로 했고요. 올 때가 되었는데…."

지빈이 말을 흐리고 얼마 지나지 않아 문밖에서 노크 소리가 들려왔다. 대학원생은 안도했고, 지빈은 달려가 문을 열었다. 문 앞에는 여느 때처럼 흰 티셔츠에 청재킷을 걸친 가람이 시건방진 웃음을 씨익 지으며 서 있었다.

"혼자 왔어? 실험 참가자는?"

지빈의 물음에 가람이 대답하기도 전에, 연구실에서 지빈을 부르는 목소리가 들려왔다. 지빈이 가람을 데리고 급하게 방으로 들어서자 대학원생이 지빈에게 서두르라는 듯 눈짓을 보내며 말했다.

"오늘은 이만 마무리하자. 실험은 다음 주에 시작할 것 같아."

대학원생은 이미 모니터를 끄고 우산을 들고 있었다.

"교수님이 귀국 기념으로 오랜만에 같이 저녁 식사나 하자시네."

대학원생의 말을 들으며 지빈은 안도했다. 다행히 아직 수첩의 주인을 설득할 시간이 남아 있었다. 그때 지빈의 뒤에 서 있는 가람을 발견한 교수가 말했다.

"아! 실험 참가자를 찾아준다는 친구? 친구도 시간 되면 함께 식사하고 가요."

그들이 연구실을 나와 찾은 곳은 학교 인근 골목에 있

는 조용한 일식집이었다.

"여기는 철판 요리가 유명하대요."

대학원생이 교수에게 속삭이면서 메뉴판에 있는 철판 요리를 가리켰다. 그러나 지빈이 눈독을 들이는 것은 따로 있었다.

"여기도 메뉴가 있어요."

지빈이 메뉴판을 뒤로 넘기며 뒷장의 요리를 보여줬다. 화려한 색감의 스시들이 앞 장보다 눈에 띄게 올라간 가격과 함께 펼쳐졌다. 모두의 시선이 법인 카드 주인에게 쏟아졌다. 교수는 메뉴판을 훑어보더니 페이지를 앞으로 넘겨 철판 요리에 대고 중얼거렸다.

"이게 맛있겠네."

얼마 뒤에 그들은 식탁 위에 펼쳐진 철판 요리들을 앞에 두고 담화를 이어갔다. 수집한 자료들과 논문 주제에 관해 대학원생과 이야기하던 교수가 지빈에게 화두를 꺼냈다.

"그래서 학생은 졸업 후에 대학원을 간다고 했나?"

"아직 고민하는 중이에요."

"그래도 등록금을 지원받으려면 자교의 대학원을 가는 것이 좋겠지."

"그렇기는 하죠."

"4학년이라고 하지 않았나? 대학원 준비는 빨리 시작할 수록 좋아."

지빈은 대답 대신 슬쩍 웃어 보였다. 그러자 교수는 이번에는 가람에게로 관심을 돌렸다.

"지빈 학생 친구도 우리 학교 학생인가?"

"아니요, 저는 일을 하고 있어요."

익힌 새우의 꼬리를 포크로 자르던 가람이 대답했다.

"유가람은 서천꽃밭에서 로봇들을 정비하고 있어요. 인공지능 언어 학습에 대해 궁금한 게 있으면 이 친구에게 물어보기도 했어요."

지빈이 거들었다.

"개발자구나! 어디 학교를 나왔지?"

"대학은 나오지 않았어요."

"그런데 어쩌다 정비를?"

가람이 우물거리던 새우를 삼키며 대답했다.

"여기저기서 주워들은 걸로 터득했죠. 어릴 때 지내던 섬이 수몰하면서 한국에 이주했는데, 그때 한국에서 처음 사귄 친구들이 인근 폐차장에 버려진 로봇들이었거든요. 로봇들과 알고 지내며 그들의 언어를 공부하면서 개발을 시작하게 되었죠."

"어머나."

"한국어가 어렵고 문화가 낯설 때는 사람보다 기계들이 더 편했으니까요."

"흥미롭네. 앞으로도 대학을 나올 생각은 없나?"

"계획은 없습니다."

가람이 선선히 대답했다.

"그래도 나중에 개발자로 직장을 구하고, 취업 이후에도 승진하려면 학력이 필요할 텐데. 앞으로 무슨 일을 하려고?"

지빈은 가람의 표정을 살폈다. 그는 여전히 특유의 여유로운 웃음을 머금고 있었다. 가람이 하이볼을 들이키며 대답했다.

"아무 생각도 없어요. 하지만 저는 그래서 좋아요. 제가 선택하는 대로, 무엇이든 될 수 있을 만큼 자유로우니까요."

"당찬 친구네. 아무리 그래도 아무것도 결정된 것이 없다는 사실이 걱정될 만도 한데?"

교수가 끈질기게 추궁했다. 가람은 씨익 웃었다.

"왜 걱정이 되어요? 오히려 기대가 되는데요."

식탁에 둘러앉은 모두가 가람의 이야기에 주의를 기울이고 있었다.

"어릴 때 지낸 섬이 가라앉은 건 비극이지만, 그때 그 섬을 나오지 않았더라면 바다 건너에 이렇게 넓은 세상이 숨어 있는 줄 평생 몰랐겠죠. 섬을 나온 뒤에는 폐차장의 로봇들이 저의 유일한 친구였지만 그로 인해 예상하지 못한 일자리를 경험하게 되었고, 그 경험을 통해 또 이렇게 새로운 사람들과 이야기를 나누고 있잖아요."

가람이 잔을 들어 남은 술을 모두 마시며 덧붙였다.

"저는 지금 주어진 일에만 집중합니다. 그리고 그 뒤의 일에 대해서는, 예상할 수 없는 모든 변화에 열려 있죠."

가람은 시간을 확인하더니 고개를 들어 말했다.

"실례합니다만, 이만 일하러 가봐야 해서."

가람이 냅킨으로 입가를 닦으며 자리에서 일어났다. 그러고는 시건방진 미소를 씨익 지으며 식탁에 둘러앉은 사람들을 보며 말했다.

"실험 날짜는 잡히는 대로 알려주세요."

"잠깐, 그럼 네가 수첩의 주인이었던 거야?"

가람은 지빈의 물음을 뒤로하고 식당 문을 나섰다.

"유가람, 같이 가."

지빈이 우산을 쓰고 성큼성큼 나아가는 가람을 불렀다.

지빈은 교수와 대학원생에게 다급히 인사를 건네고 가람을
따라 나온 뒤였다. 가람의 옆에서 나란히 걸음을 옮기며 지
빈이 말을 꺼냈다.

"고마워. 그날 내 말을 듣고 선뜻 실험 참가자로 자원해
줘서 말이야."

지빈이 머뭇거리다 덧붙였다.

"그때 내가 좀 이상했지. 그날은 생각이 많았거든. 뭔가
답이 될 만한 걸 찾고 있었나봐."

"그래서, 답은 찾았어?"

가람이 걸음을 늦추지 않으며 물었다.

"글쎄, 모르겠어. 그냥 대학원을 가는 게 맞나 싶기도
하고."

지빈이 어깨를 으쓱이며 말했다.

"아무튼 다시 한번 고마워. 실험은 내가 진행할 거니까,
내가 연구실에 있는 시간 중 편한 때에 방문해주면 돼."

"고맙기는. 대신 내가 널 도왔으니까…."

가람이 갑작스럽게 걸음을 멈추고 고개를 휙 돌렸다.
그들을 둘러싸고 쏟아지는 빗줄기 사이에서 그가 장난스럽
게 눈을 빛냈다.

"이번에는 네가 날 좀 도와줘야겠다."

"서천꽃밭 마감을 안 해놓고 나왔어?"

지빈이 투덜거리며 물었다. 일하러 가봐야 한다는 말이 사실이었는지, 가람이 지빈을 데려간 곳은 서천꽃밭이었다. 마감을 도와달라는 가람의 부탁대로 지빈은 서천꽃밭에 남아 있던 몇 안 되는 사람들을 모두 내보낸 뒤, 가람을 찾아 잡동사니 사이로 눈을 움직였다. 산더미 중턱 어딘가에서 부스럭거리는 소리가 들려왔다. 소리를 쫓아 시선을 돌리자 산 중턱에 버려져 있던 낡은 커튼이 걷히고 그 사이로 가람이 고개를 내밀었다.

"이리 와."

그렇게 한마디를 남기고 가람은 다시 커튼 너머로 사라졌다. 지빈은 호기심에 가람이 있는 곳으로 향했다. 산더미의 잡동사니들을 타고 올라 커튼을 걷었다. 커튼 너머 가득 쌓인 물건들 사이로 사람이 딱 두어 명 들어갈 정도의 움막 같은 공간이 나왔다. 가람은 구석에 앉아 무언가를 열중해서 바라보고 있었다. 그의 앞에는 무릎까지 오는 작은 로봇이 노트북에 유선으로 연결된 채 불빛을 내고 있었다. 노트북 화면에는 지빈이 알아볼 수 없는 프로그래밍 언어가 계속해서 새로 입력되고 있었다.

"고장 난 거야?"

"아니, 진화 중이지."

"뭐 하는 건데?"

가람은 망설이다 대답했다.

"기억하는 인공지능을 만들고 있어."

"일반적인 컴퓨터 메모리랑은 다른 거야?"

"단순히 입력된 정보를 저장만 하는 게 아니야. 스스로 정보를 분석하고 그 안에서 규칙성을 추론하기도 하고, 다른 정보와 비교해 차별화된 특징을 발견하기도 하지. 이 기능이 구현되면 적은 양의 데이터만 입력하고도 그 대상의 전체를 파악할 수 있어."

"적은 양의 데이터로도?"

지빈은 가람이 이전에 인공지능이 인식하지 못하는 사라진 언어에 관해 설명했던 것을 기억했다.

"사라진 언어를 기억하는 로봇을 만드는 거구나."

지빈이 중얼거렸다. 움막 바깥에는 서까래 아래 벽을 둘러싼 창들로 비 부딪히는 소리가 들려왔다. 서천꽃밭의 냉방이 앞머리를 날려 이마를 간질이는 가운데, 지빈은 가람과 함께 비에 절대 젖지 않는 안락한 피신처에 숨은 듯한 느낌을 받았다. 움막에는 로봇과 노트북 말고도 반짝이는 조명이 비추는 잡동사니와 함께 여러 개의 CCTV 화면이 켜진 데스크톱이 있었다.

"이걸로 밀렵꾼을 찾아내는 거야?"

"그것만은 아니야."

지빈의 말에 가람이 대답했다.

"이걸 보고 있으면 이곳에 쓰레기를 버리러 오는 사람들을 목격하게 돼."

데스크톱 맞은편 선반과 행거에 가람이 수집한 듯한 물건들이 놓여 있었다. 지빈이 옷가지 하나를 가리키며 물었다.

"이런 옷은 왜 가지고 있는 거야?"

"직장인이 된 아이돌 연습생의 한 번도 입어보지 못한 무대 의상이라든지, 시험에 합격하지 못한 수험생의 너덜너덜한 참고서라든지 그런 것들을 모아둔 거야."

"이런 것들을 뭐 하러 모아놔?"

"주인이 다시 찾아갈지도 몰라서 소각장으로 수거하지 않도록 보관해놨지."

움막의 물건들을 둘러보던 지빈은 데스크톱에 띄워진 음악 재생 화면을 발견했다.

"여기서 음악을 트는 거였어? 아무 데나 버려진 스피커에서 자동 재생되는 건 줄 알았는데."

"자동 재생이야. 장르를 바꿔볼까?"

가람이 데스크톱으로 플레이리스트를 조작했다. 줄곧 잔잔하던 음악의 분위기가 전환되며, 가람의 얼굴에 짓궂은 미소가 번졌다. 가람이 마우스를 몇 번 딸깍이자 서천꽃밭을 밝히던 조명이 꺼졌다.

"퇴근 준비하자!"

가람이 커튼 밖으로 고개를 내밀어 정찰 로봇들을 향해 외쳤다. 가람의 외침과 동시에 로봇들의 움직임이 바뀌었다. 리드미컬하고 신나는 음악에 맞춰 로봇들이 빙글빙글 회전하며 서천꽃밭을 휘저었다. 그리고 이전과 다른 화려한 형형색색의 조명들이 나타나 현란하게 움직였다. 지빈은 그제야 로봇들의 모터 하나하나에 조명이 달려 있는 것을 눈치챘다. 화려하게 반짝거리는 서천꽃밭은 마치 디스코볼을 켜놓은 것 같았다.

로봇들은 언뜻 보면 춤을 추는 것 같았지만 자세히 보니 회전하면서 본체 아래로 바닥을 청소하고 있었다. 낮 동안에 줄곧 세척했던 쓰레기 중에서도 그들의 위생 기준에 못 미치는 것이 있으면 다시 꼼꼼하게 세척했다. 부지런히 움직이는 로봇들을 보며 지빈은 어떻게 서천꽃밭이 이토록 깨끗하고 향긋하게 유지될 수 있었는지 알았다. 가람이 움막 밖으로 나와 로봇들 사이로 걸어가며 노래를 흥얼거렸다. 그가 아직 움막에 있는 지빈을 향해 씨익 웃으며 손을 내밀었다.

"거기 뻣뻣하게 서서 뭐 해? 이리 와."

지빈은 쓰레기들을 비집고 나와 가람의 손을 잡았다.

"내가 보기에는 말이야."

산을 내려오는 지빈을 잡아주며 가람이 말을 꺼냈다.

"너는 사람들이 너에게 원하는 기준에 맞춰 생각하는 것 같아. 그러지 말고 너 자신한테 집중해. 네 마음 가는 대로 해도 돼. 그래도 아무 문제 없어. 그건 스시만큼 돈이 들지도 않잖아."

지빈은 웃음을 터뜨렸다. 가람이 장난스러운 농담과 함께 건네는 말이 퍽 다정하게 느껴졌다.

"보관해놓은 물건들 말이야. 다시 찾아간 사람이 있어?"

가람이 고개를 저었다.

"아니, 그런 일은 없었어. 괜한 짓이었지."

어느새 곡 하나가 끝나고, 다음으로 휘트니 휴스턴의 'I Wanna Dance with Somebody'가 재생되었다. 그것은 지빈이 평소에 즐겨 듣던 음악이었다. 익숙한 멜로디가 서천꽃밭 천장과 창문을 두드리는 빗소리 위에 덧대져 그 순간의 분위기에 수채화처럼 스며들었다. 지빈은 음악에 몸을 기대며 물 냄새가 밴 공기를 한껏 들이마셨다. 가람이 말을 이었다.

"나중에는 버려진 것들을 보면서 그런 생각이 들었어. 우리 인생에는 변수가 너무 많다는 거야. 어떤 목표나 계획을 세웠든, 미래에는 예측할 수 없는 것투성이지. 산다는 게 마음대로 되지 않는 건 당연한 거야. 그 사실을 받아들이고 나서는 마음이 편해졌어."

가람의 말이 지빈의 복잡했던 머릿속을 깨끗하게 비워 줬다. 지빈은 흘러나오는 노래 가사를 흥얼거렸다. 반짝이는 조명들이 스쳐 가는 가운데 지빈을 보며 환하게 웃고 있는 가람이 보였다. 그와 함께 노래를 부르고 어깨를 흔들며, 지빈은 이러한 일상을 마음껏 즐길 수 있다면 다른 건 아무래도 상관없겠다는 생각을 했다. 정말 중요한 것은 사실 별것 아닐지도 모른다는 생각이 들었다.

지빈은 치아루가 무용을 좋아하게 된 이유로 디베르티스망을 언급했던 것을 떠올렸다. 이야기의 줄거리와는 상관없는 여흥거리. 지금 이 순간 지빈은 자신만의 디베르티스망을 추고 있었다.

"그래, 너무 많은 생각은 하지 말자."

지빈이 활짝 웃으며 말했다. 생각을 많이 하는 것은 어려웠지만, 생각을 하지 않는 것은 더 어려운 일이었다.

"앞으로의 변수들이 나를 위하지 않을 거란 법은 없으니까."

마치 지빈이 방황하다 우연히 들른 서천꽃밭에서 뜻밖의 친구들을 사귄 것처럼. 지빈은 가람이 자신의 말을 이해했는지 보기 위해 고개를 들었다. 그러다 그의 얼굴에 웃음이 번지는 과정을 지켜보고 말았다.

"그럼 우리 너무 욕심내지 말자."

가람이 해사하게 웃으며 말했다.

"가끔은 적당히 만족할 줄도 알자."

하지만 어떻게? 지빈이 여전히 불쑥 떠오르는 온갖 의문과 불평을 꺼내놓으려는 찰나, 가람은 이미 정답을 알고 있다는 듯 말했다.

"왜냐하면 우리 지금도 충분히 잘하고 있잖아."

그 말은 지빈에게 놀라울 정도로 위안이 되어줬다. 선택을 끊임없이 미루고 재단하는 자신의 우유부단함과 혼란함에 답답해하면서도, 한편으로는 자신이 정말 원하는 것을 찾아 마음의 소리에 귀 기울이는 모습을 스스로가 알아주길 바랐던 것이다. 나는 이미 나름대로 최선을 다하고 있다고.

그들은 끊이지 않는 빗소리 속에서 한참이나 이야기를 나누고 노래를 흥얼거렸다. 그리고 해가 다 저물고서야 집으로 돌아갈 채비를 했다. 가람이 마지막 정리를 하는 동안 지빈은 서천꽃밭을 둘러봤다. 모든 조명이 꺼지고 텅 비어 있는 서천꽃밭은 평온하면서도 쓸쓸해 보였다.

숨 가쁘게 흘러가는 시간 속에서 눈앞의 것들을 마주하다보면 의식할 새도 없이 머릿속의 플래시가 반짝 터지며 사진처럼 각인되어 기억에서 절대로 지워지지 않는 장면이 있다. 지빈은 서천꽃밭에서 자신과 약속하며 환하게 웃던 가람의 표정을 되새겼다.

"음? 이건…."

지빈의 책상 위에 놓인 수첩의 낯선 글자들을 발견한 교수가 중얼거렸다.

"사라진 언어예요."

지빈이 설명했다.

"사라진 언어로 쓰인 시라니, 이런 걸 어디서 찾았어?"

"시라고요?"

지빈이 물었다.

"행과 연이 분리되어 있고, 각 행의 끝마다 운율이 갖춰져 있어. 이건 시야."

교수의 확신에 찬 설명을 들으며, 지빈은 어느덧 익숙해진 수첩의 글자들을 물끄러미 봤다. 그때 문 두드리는 소리가 들려왔다. 지빈의 들어오라는 대답과 동시에 가람이 문을 열고 들어오며 그들은 서로 웃음을 지었다. 지빈이 가람에게 실험 참가 동의서를 건네며 말했다.

"참, 이거 돌려줄게. 네 거잖아."

지빈이 가람에게 수첩을 내밀면서 넌지시 물었다.

"그런데 그 수첩에는 뭘 쓴 거야?"

"업무 일지."

가람이 대답했다. 지빈은 실험 참가 동의서에 서명하고 실험 부스로 유유히 들어가는 가람을 지켜봤다. 지빈은 수첩에 관해서는 구태여 더 캐묻지 않기로 했다. 부스에 앉은 가람을 보며 지빈은 실험 방법을 설명했다.

"내가 버튼을 누르면 지금 보는 화면에 녹음이 시작되었다는 표시가 뜰 거야. 그때부터 화면에 보이는 글자들을 소리 내서 천천히 읽어주면 돼."

지빈은 이어폰을 꽂고 처음 들어보는 언어를 발음하는 가람의 목소리에 집중했다. 매일 다른 사람이 앉아 주어진 글을 소리 내어 읽던 자리에 그가 앉아 그녀는 모르는 말을 하고 있었다. 익숙한 목소리가 조금은 낯설게 들렸다. 이질적인 그 모습을 눈에 새겨 넣기 위해 지빈은 실험에 집중한 가람을 하염없이 바라봤다. 가람은 한참 동안 글을 읽었다. 어느덧 창문 두드리는 소리가 선연하게 울려 퍼졌다. 비가 내리고 있었다.

가람이 글을 모두 읽었을 때는 지빈의 퇴근 시간에 이르러 있었다. 지빈은 창문 밖을 내다봤다. 비는 여전히 그칠 기색이 없었다.

"비 와. 슬슬 가자. 이제 나오면 돼."

지빈이 기록한 파일을 저장하고 녹음을 끄려는데, 아직 실험 부스에 있던 가람이 문득 뭔가를 말했다. 그가 실험 동안 읽은 것과 같은 언어였다.

"뭐라고 말한 거야?"

지빈이 물었다. 실험 기기와 부스의 전원을 끄자 가람을 밝히고 있던 조명이 꺼졌다.

"비밀이야."

가람이 장난스럽게 대답하며 부스를 나왔다. 지빈은 그를 흘겨봤다. 그녀가 망설이다 말했다.

"내가 꼭 알아내고 말 거야."

가람이 웃으며 지빈을 돌아봤다.

"기대할게."

지빈은 우산이 없는 가람을 바래다주기 위해 함께 역까지 걸어갔다. 한동안 말없이 가던 중 지빈이 먼저 얘기를 꺼냈다.

"치아루가 며칠째 연락을 안 받아. 무슨 일 있나?"

가람은 대수롭지 않다는 듯이 대답했다.

"워낙 변덕이 심하잖아."

가람이 지하철 시간표를 확인하며 덧붙였다.

"그 애라면 곧 돌아올 거야. 자기가 뭘 원하는지 제대로 알고 있는 애잖아."

지빈은 잠시 생각하다가 곧 가람의 말에 동의하는 결론을 내렸다. 그래서 화제를 바꿔 질문을 던졌다.

"이전에 지냈다는 섬 말이야. 어떤 곳이었어?"

"집집마다 나룻배가 있을 정도로 수로가 많고 아름다운 곳이었어. 사람들은 날마다 낚시를 하러 가족이나 친구들과 나룻배를 타고 바다에 나갔지."

지빈은 나룻배를 타고 수로를 지나 바다로 나갔을 어린 가람의 모습을 상상하면서 그를 돌아봤다. 길거리를 떠다니는 수많은 우산 사이에서 그들은 오로지 서로의 얼굴만 볼

126

수 있었다. 눈과 눈이 이어지는 것만으로 긴장되어 하마터면 고개를 돌릴 뻔했지만, 지빈은 가람의 시선을 견뎌냈다. 가람도 지빈을 계속해서 유심히 들여다보고 있었다.

서로가 서로에게 주의를 기울여 마주 보는 순간이 짜릿했다. 지빈은 가람에게 물어보고 싶은 것들이 연이어 생각났다. 그러다 그가 시를 쓰는 사실을 숨긴 것이 떠올랐다. 지빈은 가람에게 자신이 알도록 허용된 범위가 어디까지인지 궁금했다. 그리고 그것과는 별개로, 무엇보다 가람을 이해하고 싶은 욕구를 느꼈다.

"아까 알아내고 말겠다는 말."

퍼부어대는 빗소리 너머로 지빈이 말을 꺼냈다.

"빈말 아니야."

지빈은 걸음을 멈춰 가람을 정면으로 바라봤다. 그리고 용기를 내서 물었다.

"그래도 돼?"

다음 날, 아르바이트가 끝나자마자 지빈은 서천꽃밭으로 향했다. 로봇을 정비하던 가람이 지빈을 발견하고는 웃으며 말했다.

"조금만 기다려. 곧 문 닫을 거야."

서천꽃밭을 둘러보던 지빈은 잡동사니 산 중턱에 커다란 우산이 펼쳐져 있는 것을 발견했다. 그리고 그 아래에 웅크려 앉아 사람들이 모두 나가기를 기다렸다. 가람이 바쁘게 걸음을 옮기며 남아 있는 사람들에게 폐장 시간을 안내하고 있었다. 자박자박 그가 걸어 다니는 소리를 지빈은 조용히 감상했다. 어느덧 고요해진 서천꽃밭, 사람들이 모두 나간 것을 확인한 가람이 문을 잠그고 종이와 연필을 가져왔다. 지빈이 자신의 옆에 와 앉는 가람을 보고 입을 열었다.

　"내 이름부터 써볼래. 어떻게 해?"

　가람은 연필로 종이 위에 글자를 적고는 지빈에게 보여줬다. 지빈은 낯선 글자들을 하나하나 유심히 뜯어봤다. 수첩에 적힌 글자들을 볼 때와는 또 다른 느낌이었다.

　"이 글자는 꼭 모자처럼 생겼다. 이건 립스틱 같고."

　낯선 글자들을 뜯어보며 재잘대는 지빈에게 가람은 각 글자의 발음을 가르쳐줬다. 지빈은 제 이름의 발음이 전혀 다른 원리로 완성되는 과정을 흥미롭게 들었다. 낯선 언어로 읽는 자신의 이름은 보다 간지럽고 이질적인 느낌을 줬다.

　"그럼 네 이름은?"

　지빈이 물었다. 그림 같은 글자들이 가지는 저마다의

발음과 의미를 알아가는 일은 신기하고 재미있었다. 마치 가람만 알고 있던 다른 차원의 세계를 은밀하게 소개받고 있는 느낌이었다. 가람의 이름을 그의 언어로 쓰는 것까지 지빈은 금방 학습할 수 있었다. 가람은 긴 문장도 적어 지빈에게 보여줬다.

서천꽃밭 창문에 부딪히는 빗소리가 잔잔하게 울려 퍼지는 가운데, 지빈은 가람이 낯선 글자들을 적어나가는 것을 지켜봤다. 가람이 문장을 소리 내서 읽으면 지빈이 그의 발음을 따라 했다. 뜻은 몰라도 눈을 마주 보며 가람의 말을 똑같이 흉내 내면, 그는 지빈의 말을 알아듣고 있다는 눈빛을 하고 있었다. 그러면 마치 둘만 아는 암호를 말하는 것 같은 기분에 휩싸였다. 가람이 지빈이 말한 문장의 뜻을 알려줬다.

"장마래요."

"이건?"

지빈이 다음 문장을 가리키자 가람이 대답했다.

"여름인가봅니다."

지빈이 활짝 웃으며 말했다.

"재미있다. 다른 문장도 더 해볼래. 네 수첩 어디 있어?"

"나도 몰라."

가람은 등지고 앉아 있던 산더미를 가리키며 말했다.

"저기에 버렸어."

"왜?"

가람은 별것 아니라는 듯이 어깨를 으쓱였다.

"그냥, 다 쓴 수첩이잖아."

다음 날, 아르바이트가 끝나고 지빈은 곧바로 연구실을 나오지 않았다.

"여기 어딘가 있었는데."

지빈은 후드를 뒤집어쓰고 컴퓨터 화면을 들여다보며 중얼거렸다. 마우스 커서가 바탕화면의 폴더들을 한동안 빙빙 맴돌았다.

"찾았다."

커서가 안착한 곳에는 '사라진 언어들'이라는 이름의 폴더가 노란 픽셀들로 빛나고 있었다. 폴더를 클릭하자 수십 개의 언어에 대한 자료들이 방대하게 분류되어 펼쳐졌다. 지빈은 휴대전화에 남아 있던 수첩의 스캔본과 컴퓨터의 자료들을 하나하나 대조했다. 그러다 마침내 수첩에 적혀 있던 글자와 일치하는 언어를 발견했다. 폴더에는 해당 언어의 어휘별 발음기호와 의미, 기초 문법과 문장구조를 정리해놓은 자료들이 산발적으로 흩어져 있었다.

빗소리 너머로 약한 냉방이 돌아가는 소리가 천장을 휘휘 맴돌았다. 에어컨 바람에 흔들리는 앞머리가 몽롱하게 감기는 눈꺼풀 위로 느껴졌다. 연구실에는 어느덧 어렴풋한 어둠이 깔려 있었다. 지빈은 담요를 어깨까지 끌어올리며 글자와 발음을 대조해 모음과 자음을 구분했다. 예문에서 겹치는 어휘를 찾아 문맥상 의미를 추론해 병기했다. 그러다 한 어휘의 뜻이 명확해지면, 함께 쓰이는 어휘를 확인해 추론을 확대해나갔다. 시간 가는 줄도 모르고 꼬박 밤을 지새웠다.

지빈은 며칠 동안 그렇게 많은 시간을 보냈다. 연구실 아르바이트가 끝나고 오후에는 잠들기 전까지 언어를 분석한 것이다. 점점 피로가 쌓였다. 졸음을 참으면서 연구실에 어기적어기적 출근하는 지빈을 보고 대학원생은 그녀가 점점 자신과 닮아간다고 놀렸다. 지빈은 그럴 때마다 아무 반박도 할 수 없었다.

지빈은 그러면서도 자신에 대한 객관화를 잃지 않았다. 그녀는 오직 가람 때문에 소멸된 언어를 해독하고 있었다. 그것이 얼마나 무용한 짓거리인지! 지빈은 자신이 무의미하게 시간을 흘려보내고 있음을 스스로 의식하고 있었다. 문득 이러한 행위에 관해 치아루가 했던 말이 다시 떠올랐다. •지빈은 휴대전화를 확인했다. 치아루는 아직도 연락이 없었다.

그날 연구실에서 퇴근하고 지빈은 공연장으로 향했다. 수족관에 도착했을 때는 치아루의 공연이 막 시작되었을 시간이었다. 무용수가 수조 안에서 하얀 물보라를 일으키며 춤을 췄고, 그 주변을 관객이 둘러쌌다. 지빈은 기대에 부푼 가슴을 안고 관객 사이를 헤쳐 수조 앞으로 나아갔다. 하얀 물보라가 지나가고 파랗게 일렁이는 물결 속에서 지빈이 발견한 사람은 치아루가 아니었다. 지빈은 주변을 둘러봤지만, 그는 보이지 않았다.

"원래 다른 무용수 공연 아니었나요?"

지빈이 옆에 서 있던 관객에게 물었다.

"몸이 안 좋아서 다른 사람이 나왔다고 하네."

그가 대답했다. 뒤에 서 있던 누군가가 거들었다.

"쯧, 기대 많이 했는데 말이야."

지빈은 아무 말 없이 공연을 보다 수족관을 나왔다. 치아루에게 전화를 걸었지만 역시나 받지 않았다.

내가 원하는 건…

다음 날 어김없이 빗속을 뚫고 연구실에 출근한 지빈은 실험 참가자들의 발음기호를 기록하는 척, 가람이 연구실에 방문했을 당시 녹음했던 파일을 재생했다. 녹음 파일을 끊임없이 재생하며 그의 발음에 맞춰 자신이 분석해놓았던 음절과 의미들을 조합했다. 단어와 의미를 연결할 수 있기까지 수도 없이 반복해서 들어야 했다. 그러다 우연히, 실험이 끝난 뒤에 녹음된 대화를 듣고 말았다. 창문을 두드리는 빗소리, 축축한 습도와 서늘한 온도와 함께 그날의 기억이 떠오르며 작은 대화 소리가 귓속에 맺혔다.

'비 와. 슬슬 가야겠다. 이제 나오면 돼.' 그리고 알아들을 수 없는 언어로 중얼거리는 가람의 목소리. '뭐라고 말한 거야?' '비밀이야.' 이유 모를 미묘한 웃음 섞인 대답을 듣는 순간, 지빈은 그 비밀을 반드시 알아내고 싶다는 충동에 사로잡혔다.

지빈은 대학원생이 퇴근한 뒤에도 연구실에 남아 계속해서 녹음 파일을 들으며 파고들었다. 그리고 여태껏 알아냈던 음절과 단어들의 의미를 조합하고 추론해 그 의미심장한 암호의 의미를 비로소 완전히 이해했을 때는, 빨갛게 달아오른 고개를 푹 숙일 수밖에 없었다.

지빈은 늦은 시간 연구실에서 나오자마자 서천꽃밭을 찾아갔다. 서천꽃밭의 문을 열자 평소와는 다른 광경이 펼쳐졌다. 스피커에서 흘러나오던 음악 소리는 더 이상 들리지 않았다. 거대한 드론이 플라스틱 산 앞에 떠 있었고, 로봇들이 광부처럼 산에서 물건을 캐내 드론에 싣고 있었다. 지빈은 자신을 발견하고 다가오는 가람에게 물었다.

"이게 뭐야?"

가람이 팔짱을 낀 채 턱짓으로 드론을 가리키며 대답했다.

"대청소 날이야."

"대청소?"

"한 달에 한 번, 분해되지 않는 쓰레기를 대대적으로 로봇이 소각장으로 수거해 가."

로봇들이 드론으로 옮기는 것을 자세히 살펴보니 헌
옷, 병, 피아노, 과자 봉지 등 각기 다른 잡동사니들이었다.
그러다 지빈의 머릿속에 무언가 불현듯 떠올랐다. 지빈이
다급하게 산으로 발걸음을 뗐다. 그러나 몇 발짝 움직이기
도 전에 가람이 그녀를 붙잡았다.

"뭐 하는 거야? 위험해."

가람은 지빈을 데리고 서천꽃밭 밖으로 나왔다. 지빈은
문밖에서도 수거되는 물건들을 하염없이 바라봤다. 아무런
전조도 없이 갑자기 비가 마구 퍼부어 내렸다. 그들은 비를
피해 처마 아래에서 청소가 끝나기를 기다렸다. 서천꽃밭에
서 눈을 떼지 못하던 지빈이 고개를 홱 돌려 가람에게 쏘아
붙였다.

"왜 시들을 버리는 거야?"

지빈의 물음에 가람의 눈이 흔들렸다. 가람은 지빈이
수첩에 쓰여 있는 글이 무엇인지 안다는 사실을 몰랐다. 지
빈은 아무 설명도 하지 않고 가람의 대답을 기다렸다.

"내 시를 이해할 수 있는 사람은 이제 없거든."

가람이 태연하게 대답했다. 가람의 대답을 들으며 지빈
은 허탈감을 느꼈다. 지빈은 오로지 그 시들을 이해하기 위

해 수많은 밤을 새워가며 사라진 언어를 연구했다. 그런데 지금 가람은 그 시들을 서천꽃밭에 아무렇게나 버려진 과자 봉지와 똑같이 취급하고 있었다.

"그래서 그걸 그렇게 쉽게 버리는 거야?"

지빈이 물었다. 처마 끝에서 떨어지는 빗물로만 향하던 가람의 시선이 지빈에게 닿았다. 그럴 당위가 없다는 것을 알면서도, 지빈은 자신의 표정을 살피는 가람에게 그럴듯한 해명을 요구하고 있었다. 투명한 물줄기가 사방의 벽을 타고 흐르는 가운데 그들은 서로를 바라봤다. 이윽고 가람이 입을 뗐다.

"왜 난 네가 지금 화난 것처럼 느껴지지?"

영문을 모르겠다는 듯 툭 내뱉는 담담한 물음이 지빈을 날카롭게 찔렀다. 가람이 지빈을 똑바로 보며 말했다.

"쉽게 버리는 게 아니야. 내가 한 선택 중에 쉬운 것은 하나도 없었어."

그리고 가람은 지빈에게 그녀가 잊고 있던 약속을 상기시켜줬다.

"우리, 너무 욕심내지 않기로 했잖아."

가람은 마치 그것이 최선의 답인 것처럼 말했다. 지빈에게 비를 잠깐 피하기 위해 급히 빌린 처마 같았던 그날의 약속은, 가람으로 인해 완전히 붕괴된 지 오래였다.

　최근 지빈은 가람의 언어를 연구하는 일에만 열중했다. 지빈은 자신이 왜 그렇게까지 무용한 일에 시간과 정성을 들였는지 생각했다. 그리고 자신이 이전에 치아루에게 했던 말을 떠올렸다. 자신이 언어학을 좋아하는 건, 스스로를 더 잘 이해하기 위함이라고. 이제 와서 다시 생각해보건대, 그것은 지빈이 자신을 몰라서 하는 소리였다. 생각이 이어진 끝에 지빈은 자신이 내린 결론을 정정했다. 지빈이 줄곧 언어학을 좋아했던 건, 그녀와 전혀 다른 세계의 사람들을 이해하고 싶어서였다. 지빈은 그제야 자신이 왜 그토록 가람의 언어를 해독하는 데 열중했던 것인지 스스로를 이해할 수 있었다.

　"아니야. 나는 바라는 것이 생겼어. 알고 싶은 것들이, 하고 싶은 일들이 생겼다고."

　지빈이 말했다. 그리고 와닿지 않는 머나먼 나라의 이야기를 듣는 것처럼 관망하는 가람에게 그만이 알아들을 수 있는 언어로 남은 이야기를 전달했다.

　"일부러 우산을 가져오지 않았어."

　그러자 딱딱한 도자기 같던 가람의 표정이 흔들렸다. 그것은 컴퓨터 속 그의 목소리가 발음하는 내용을 몇 번이고 반복해 들으며 해독한 문장이었다. 비 맞는 것을 끔찍이 싫어해 우산을 같이 쓰자는 제안도 거절하던 가람에게서 나온 그 말이 무슨 뜻일지, 지빈은 수많은 밤을 지새우며 따져 봤다.

"나는 너를 이해하고 싶어. 그래서 지금껏 네가 쓰던 언어를 연구했던 거야. 네가 더 이상 시를 쓰지 않겠다면 그것도 존중할게. 하지만 나는 앞으로도 더한 것들을 욕심내면서 살고 싶어. 왜냐하면…."

지빈은 수많은 밤 동안 가람의 언어, 그가 살던 섬과 그 섬의 문화를 알아내려 애쓰던 과정을 떠올렸다. 사라진 언어로 계속해서 시를 쓰고, 기억하는 인공지능을 만들려고 하고, 알 수 없던 그의 시도들을 비로소 이해하게 되었을 때의 기쁨을 지빈은 선명히 기억했다.

"너를 알아가는 시간들이 나한테는 특별했고…."

그 희열은 치아루가 물속에서 춤을 추며 느끼던 것과 같았다. 그는 자신의 춤을 사랑했고, 춤을 출 때 행복했다. 춤을 추는 내내 열중하는 그의 눈빛을 보면 알 수 있었다. 마침내 지빈도 그 마음을 알게 된 것이었다.

"그래서 우리가 가진 꿈이 있다면, 그게 무엇이든 전부 응원하고 싶다고 생각했어."

"꿈?"

"네가 시를 쓰는 거나 치아루가 춤을 추는 것 말이야."

가람은 아무 말도 하지 않았다. 그는 동요하고 있었다. 지빈은 자신이 다음으로 무슨 말을 해야 할지 알았다.

"치아루에게 플라스틱을 줘."

지빈은 일순간 굳어버리는 가람의 표정을 마주하며, 자신의 예상이 맞았음을 알아차렸다.

"역시, 치아루가 이미 얘기했구나."

지빈이 중얼거렸다. 그녀는 비로소 치아루가 잠적한 이유를 확신할 수 있었다. 지빈이 호소하듯 말했다.

"부탁할게."

가람은 말없이 지빈을 마주 봤다. 마침내 그가 물었다.

"왜 그 애를 위해 그렇게까지 하는 거야?"

지빈은 솔직하게 대답했다.

"나는 그 애를 동경해."

지빈이 속삭였다.

"그 애의 춤은 나를 꿈꾸고 싶게 만들어."

쏟아지는 빗소리가 어떤 고백도 덮어줄 것처럼 귓가를 감쌌다. 가람의 냉담한 눈이 지빈의 간절한 눈을 마주 봤다. 시선이 교차하는 동안 빗소리가 두 사람 사이의 침묵을 채웠다. 마침내 가람이 입을 열었다.

"그것 말고는?"

치아루를 위한 플라스틱이 아닌, 지빈이 스스로 원하는 것. 가람은 그런 것이 있기를 바라는 것처럼 물었다. 지빈은 가람의 눈을 마주 보면서 그가 원하는 것을 읽어냈다. 그것은 지빈이 수많은 밤을 새며 추측해낸, 우산을 가지고 오지 않았다는 말의 의미와 일치했다. 지빈이 입을 열었다.

"내가 원하는 건….."

지빈은 작은 목소리로 문장을 완성했다.

"네가 원한다면 입 맞춰줘."

지빈은 가까워지는 가람의 어깨를 붙잡으며 분명하게 말했다.

"'네가 원한다면'이라고 했어."

여느 때와 같이 비가 퍼부어 내리는 다음 날 오후, 지빈은 아르바이트가 끝나자마자 집이나 서천꽃밭에 가는 대신 카페로 향했다. 카페에 도착한 지빈은 휴대전화로 문자를 다시 들여다보며 자신이 약속 장소를 맞게 찾아왔는지 확인했다. 상대가 보낸 문자 위로는 지빈이 일방적으로 보낸 문자가 쌓여 있었다.

[치아루, 연락 좀 받아.]

[연락 안 받으면 후회할걸.]

[수족관에서 관객들이 너를 찾아.]

그리고 마침내 온 답신에는 현재 지빈이 도착한 카페 주소가 적혀 있었다. 지빈은 문을 열고 들어가자마자 그녀에게 손을 들어 보이는 치아루를 보며 탄식했다.

"너 괜찮은 거야?"

치아루는 카푸치노를 마시며 아무렇지 않게 웃어 보였다. 그러나 태연한 표정과 달리 그의 안색은 아픈 사람 같았다. 창백한 얼굴은 더욱 날렵해진 턱에 곧 베일 것처럼 야위어 있었고, 언제나 단정하게 가르마를 타고 있던 머리는 아무렇게나 내려와 헝클어져 있었다.

지빈은 주문한 아메리카노를 받아 자리에 와서 앉았다. 안경알 너머 보이는 치아루의 눈은 다크서클이 움푹 파여 있었다. 그 모습을 보고 있으니 그동안 쌓아온 걱정과 온갖 잔소리가 입안으로 쏙 들어갔다.

"그동안 대체 어떻게 지낸 거야?"

치아루가 어깨를 으쓱이며 태연하게 말했다.

"이래 보여도 잘 지냈어. 아니, 사실 어느 때보다도 잘 지냈지. 춤 이외에 내가 좋아하는 모든 걸 실컷 즐겼거든.

그동안 춤을 춘다고 절제해왔던 것들 말이야."

"나라에서 허락하는 해로운 건 다 하고 산 몰골이네."

지빈이 혀를 내두르며 말했다. 치아루는 부정하지 않고 웃으며 커피 잔을 기울였다. 분명 커피만 마시고 있었지만 그에게서 카페인, 알코올, 니코틴 모든 냄새가 섞여 나는 것 같았다.

"여기 커피 맛있지? 최근에 찾은 곳이야. 괜찮은 가게를 많이 찾았어. 내가 만약 춤을 추지 않았다면 나만의 가게를 하나 차렸을 거야."

지빈은 그런 말을 하는 치아루가 낯선 사람처럼 느껴졌다. 잠시 동안 대화에 참여하는 것도 잊은 채 말없이 그를 쳐다보고 있었다. 치아루는 커피를 마시며 지빈의 대답을 기다렸다.

"춤을 왜 안 춰?"

지빈은 최대한 장난스러운 어투로 물었다.

"치아루, 네 춤을 원하는 사람이 많아. 수족관에서 다들 너를 기다리고 있어."

치아루는 그의 손안에 있는 커피를 내려다보고 있었다.

"정말이야. 내가 수족관에서 직접 들은 거야."

이런 말이 힘이 될 수 있을까, 지빈은 조심스럽게 말을 고르며 이어갔다.

"나도 그래. 나는 네 춤을 감상하는 게 좋아. 치아루, 네 춤을 본 이후로 나는 내가 어떻게 살고 싶은지를 발견할 수 있었어. 네 춤은 나에게 특별한 계기이자 동기인 거야. 아마 나뿐만 아니라 수족관에서 너를 기다리는 많은 사람에게 그렇겠지."

지빈은 미세하게 떨리는 치아루의 손을 잡았다. 여전히 아무 말도 하지 않는 치아루를 보며 지빈은 다음 순간 그를 단번에 바꿔놓을 말을 뱉었다.

"유가람이 부탁을 들어주기로 했어."

지빈은 자신을 멍하니 올려다보는 치아루를 향해 환하게 웃어 보였다.

"우리가 네 꿈을 찾아줄게."

플라스틱 꿈

　지빈은 민소매 니트에 통 넓은 하이웨스트 청바지를 입고 샌들 굽을 딱딱거리며 학교 밖을 나왔다. 또각또각 걸어 휭 질주하는 버스에 몸을 싣고 정거장에 내려 돌담길을 걸어 마침내 서천꽃밭에 도착했을 때는 치아루와 가람이 비장한 표정으로 지빈을 기다리고 있었다. 드디어, 오랜 시간에 걸쳐 이른 대결전의 날이었다. 계획을 이행하기 위해서는 먼저 굶주린 배를 채워야 했다. 마당에 나온 지빈은 대부분의 사람이 한곳으로 모여드는 걸 알아차렸다.

　"저기는 뭐야?"

　"구내식당인데, 구경해볼래?"

　가람은 지빈과 치아루를 데리고 마당을 가로질러 안채

의 식당으로 갔다.

식당은 석식을 먹으러 온 연구원들로 가득 차 있었다. 식당과 맞닿아 있는 마당의 가장자리에는 거대한 가마솥에서 김이 모락모락 피어나고 있었다. 로봇들이 식판을 가지고 아궁이 옆에 줄을 서고 있었고, 앞치마를 두른 몇몇 직원이 가마솥 위에 올라 삽처럼 보이는 주걱으로 밥을 퍼서 식판에 옮기고 있었다.

"저 밥은 어디로 가져가는 거야?"

"먼저 CEO와 임원진들 것부터 덜어 가져가. 그다음에 사원들이 먹는 거지."

가람의 설명대로 먼저 채워진 식판들이 로봇을 통해 안채로 보내진 이후, 나머지 식판들도 채워져 줄을 선 사원들에게 차례대로 배식되기 시작했다. 지빈이 가람과 치아루를 돌아보며 말했다.

"우리도 여기서 한번 먹어보자."

"나는 외식하고 싶었는데."

가람이 툴툴거렸다. 그러나 지빈은 이미 마음을 굳힌 뒤였다. 지빈이 다른 사원들을 따라 가마솥 앞 대열에 합류하자 가람과 치아루도 그녀의 뒤에 섰다.

배식을 받은 사원들은 마루나 평상 위에 삼삼오오 모여

앉아 식사를 시작했다. 지빈과 가람, 치아루도 자리가 넉넉한 평상 하나를 골라 신발을 벗고 동그랗게 둘러앉아 밥을 먹기 시작했다. 모처럼 하늘은 맑게 개었고, 여유로운 저녁 시간이었다.

식사가 끝나갈 즈음이었다. 돌연 요란한 드릴 소리가 귀를 찔렀다. 소리가 들리는 쪽으로 지빈이 고개를 돌리니 건물의 지붕 위에서 기와 공사를 하고 있었다.

"사옥이 전부 옛것이라 종종 복원 공사를 해. 장마 때문에 요새 공사가 많이 더뎌졌어. 비가 안 올 때마다 틈틈이 재개해."

지빈은 가람의 말을 들으며 인부가 사다리를 타고 올라 기와를 수리하는 모습을 쳐다봤다. 지붕 위에 둥지를 틀고 있던 까치가 화들짝 놀라 날아갔다.

"이제 슬슬 장마가 끝날 때도 되었지."

"칠월 칠석이잖아. 오늘 밤에나 내일 새벽에는 아마 다시 비가 내릴 거야."

"칠월 칠석?"

"칠월 칠석 이야기를 몰라?"

지빈은 가람이 다른 섬에서 왔다는 사실을 떠올리며 칠월 칠석 이야기를 들려줬다.

"견우와 직녀 이야기 말이야. 둘이 서로 사랑에 빠져 일을 게을리하자 하늘이 분노해서 은하수를 사이에 두고 둘을 떨어뜨려놨어. 그러고는 칠월 칠석 하루만 만날 수 있게 해버렸지. 이 사연을 안 까치와 까마귀들이 칠월 칠석이 되면 이들을 만나게 해주기 위해 은하수에 오작교를 놓는 거야. 그래서 칠월 칠석 저녁에 내리는 비는 1년 만에 만난 견우와 직녀가 흘리는 기쁨의 눈물이고, 다음 날 새벽에 내리는 비는 다시 이별하면서 흘리는 애달픈 눈물이래."

"확실히 지금은 오작교를 건너느라 눈물을 흘리기에는 바쁜 모양인데."

지빈이 설명을 마치자 가람이 반짝거리는 맑은 하늘을 올려다보며 장난스럽게 말했다. 지빈은 지붕 위 비어 있는 까치집을 보며 자신이 앞두고 있는 이별을 떠올렸다.

저녁 식사를 마친 그들은 서천꽃밭으로 향했다. 가람이 남아 있던 사람들을 모두 내보내자 서천꽃밭이 텅 비었다. 세 사람은 잡동사니 산더미의 기울어진 소파 아래에 자리를 잡았다. 그들은 가람이 방앗간에서 대여해 온 탐색 로봇을 둘러싸고 옹기종기 앉았다.

가람은 로봇의 전원을 켜고 미리 복제해놓은 연구원의

사원증으로 보안을 해제한 뒤, 찾아야 하는 물품명을 입력했다. 그러자 로봇은 왕왕 진동음을 내더니 프로펠러를 가동해 공중에서 움직이기 시작했다.

"이걸 쓰면 불량품이 아닌, 판매품과 가장 유사한 시제품을 선별해줄 거야. 우리는 여기서 기다리기만 하면 돼."

조용히 잡동사니 산 뒤편으로 사라지는 탐색 로봇을 쳐다보며 가람이 말했다.

"꼭 다른 사람 사원증을 써야 해?"

지빈이 탐색 로봇을 따라 소파 너머로 고개를 돌리며 물었다.

"어, 어! 거기 이상 넘어가지 마. 딱 여기까지가 CCTV 사각지대야."

지빈을 제지한 가람이 이어서 대답했다.

"PHA를 탐색할 수 있는 권한은 연구원의 사원증에만 있어. 어차피 지금쯤이면 퇴근해서 들킬 일은 없을 거야. 이 사람 근무 스케줄을 확인했거든."

"굉장히 치밀한데?"

"서천꽃밭 관리인이잖아. 이 정도 준비성은 되어야지."

지빈의 장난스러운 감탄사에 가람이 우쭐거리며 소파 아래 잡동사니를 뒤지기 시작했다.

"가만, 분명 이쯤에 묻어놨던 것 같은데."

가람이 중얼거리며 소파와 액자 사이를 뒤적거려 꺼낸 것은 그가 숨겨놓은 맥주들이었다. 가람이 짓궂게 웃었다.

"축배를 들어야지. 치아루, 드디어 네가 원하는 걸 갖게 되는 거야."

가람이 맥주 캔을 따며 말했다.

"축배라면 일이 잘 끝난 다음에 들어야지."

치아루가 대답했다.

"오, 치아루. 그렇다면 나를 위해서 들자."

지빈이 눈을 굴리며 핀잔주듯이 말했다.

"오늘 드디어 사진을 찍었거든."

"이번에도 두 개의 사진을 찍은 거야?"

가람이 놀려대자 지빈은 말없이 가방에서 사진 봉투를 꺼내 보였다. 그녀에 손에 들려 있는 사진 봉투는 하나였다.

"드디어 하나를 고른 거야?"

"응, 내가 좀 더 자유로울 수 있는 선택지를 골랐지."

치아루의 질문에 지빈이 대답했다. 그리고 자신의 선택에 관해 설명했다.

"독일어로 자유, freiheit의 어원은 '친구와 같이 있음'이래. 우리는 다른 사람들과 연결되어 있을 때에 자유를 느낀다는 거야. 나는 더 많은 세계의 사람들을 만나고, 이해하고, 연결되고 싶어. 그런 경험을 더 해보고 싶다는 걸, 이제 알았어."

말을 마치며 지빈은 가람이 건넨 술을 한 모금 마셨다. 톡 쏘는 맥주가 목구멍으로 넘어가며 느껴지는 맛이 씁쓸했다. 가람은 아무 말도 하지 않았다.

"무슨 말인지 알 것 같아. 나도 그동안 쭉 고민해봤어. 내가 왜 춤을 추고 싶은지 말이야."

치아루가 고백하듯 말했다.

"나는 여태껏 내가 공연하는 것이 춤에 대한 구애라고 여겨왔어. 그리고 춤을 추기 위해서 사람들에게 사랑받고 싶은 거라고 생각했어."

치아루가 중얼거렸다.

"착각이었지."

치아루는 지난번 카페에서 지빈이 하는 말을 들으며, 자신이 은연중에만 알던 사실을 비로소 온전히 깨닫고 말았다.

"사실은 그 반대였던 거야. 나는 사람들한테 사랑받고 싶어서 춤을 추고 싶었던 거야. 그리고 그건 관객에 대한 구애이자, 내가 이 세상에 연결되고 싶은 방식이야."

치아루는 고백을 마무리하며 후련하게 웃었다. 그의 시간은 줄곧 자유가 만영한 순간들로 포화되어 있었던 것이다.

"우리가 결국 너의 영원한 자유를 이뤄주는구나. 우리가 너의 꿈을 이뤄주는 거야."

지빈의 말투는 장난스러웠지만, 그 안에는 뿌듯함도 묻어 있었다. 치아루는 자세히 보지 않으면 알아채기 힘들 정도로 미묘한 미소를 지어 보였다.

"앞으로도 계속해서 더 이뤄나가야겠지. 플라스틱을 찾는 것부터 시작해서."

플라스틱. 영어로는 '쉽게 변하는', '진짜가 아닌'이라는 의미도 갖는다. 세상의 대부분은 플라스틱으로 만들어져 있었다. 플라스틱 세상 한가운데 내던져진 그들은 시시각각 변화무쌍하고 불완전한 꿈들을 얼마든지 쫓아갈 준비가 되어 있었다. 가람이 자신의 맥주 캔을 치켜들었다.

"건배사는?"

지빈과 치아루도 맥주 캔을 치켜들었다. 세 축배가 모이고 지빈이 건배사를 외쳤다.

"플라스틱 꿈을 위하여!"

왁자지껄 웃고 떠들며 알코올에 취해가는 와중, 밤은 더욱 깊어졌고 새벽이 찾아왔다. 지빈이 치아루와 가람이 하는 농담에 깔깔 웃고 있던 즈음, 후드득후드득 빗방울이 서천꽃밭 지붕과 처마와 창문에 내려앉는 소리가 들려왔다. 가람이 휴대전화를 켜서 시간을 확인하고는 말했다.

"새벽이야. 그러면 이건 이별하면서 흘리는 애달픈 눈물이겠구나."

지빈은 가람의 표정을 살폈다. 그는 태연한 표정으로 장난스럽게 말하고 있었다.

"예정된 헤어짐에 관해 어떻게 생각해?"

지빈이 마침내 물었다.

"함께하는 시간이 즐거운 만큼, 헤어졌을 때의 슬픔도 커질 거야. 헤어질 끝을 알았더라면 슬픔이 커지지 않도록 함께하는 시간의 깊이를 줄였을까?"

지빈은 가람의 대답을 기다렸다. 가람은 지빈의 질문에 잠시 생각에 잠긴 듯했다. 그러더니 남아 있는 맥주를 비우며 대답했다.

"끝이 어떻게 되든 그건 중요하지 않아. 시간이 지나면 슬픔은 무뎌질 거고, 함께했던 시간과 추억만 남아 마음에 쌓이겠지. 우리는 그 힘으로 계속 나아가면 되는 거야."

152

가람의 대답은 섬을 떠나면서 경험한 이별에 관한 것일까. 지빈이 묻기 위해 입을 열었다. 그러나 그때 정신을 바짝 들게 하는 요란한 알림음이 귀를 찔렀다. 가람은 재빨리 자리에서 일어나 산더미 뒤편에 있는 탐색 로봇을 확인하고는 욕지거리를 뱉었다.

"동일한 사원증으로 동일한 시간대에 탐색 로봇을 중복으로 사용한 거야."

당혹스러운 지빈과 치아루의 표정을 보고 가람이 설명을 덧붙였다.

"진짜 사원증 주인이 지금 탐색 로봇을 쓰는 바람에 복제한 사원증 쓴 걸 들켰다고."

"그 사람 아까 퇴근했다며?"

지빈이 물었다. 가람이 탐색 로봇 화면으로 기기 사용 내역을 확인하고는 대답했다.

"갑자기 비가 왔잖아. 우산을 찾으러 방앗간에 돌아와 탐색 로봇을 쓴 모양이야."

로봇을 살펴보던 가람이 다급하게 말했다.

"벌써 탐색 로봇이 보안팀에 상황을 전달했어. 곧 담당자들이 올 거야."

그의 말이 끝나기가 무섭게 멀리서 사이렌 소리가 들려

오기 시작했다. 가람은 재빨리 문으로 달려갔지만, 문은 더 이상 열리지 않았다. 그가 지빈과 치아루에게 다급하게 소리쳤다.

"빨리! 얼굴 들지 말고 창문으로 나가자!"

지빈이 고개를 돌렸을 때 서천꽃밭의 창문들은 서서히 닫히고 있었다. 지빈은 재빨리 가장 가까이 있는 창문 밖으로 몸을 던졌다. 정신없이 밖으로 나왔을 때는 어두운 하늘에서 아직도 빗줄기가 정신없이 쏟아지고 있었다. 서천꽃밭으로 다가오는 보안팀의 사이렌 소리는 점점 더 가까워지고 있었다.

달리다 뒤를 돌아봤을 때 치아루와 가람의 모습이 보이지 않았다. 급하게 도망치는 과정에서 서로 다른 방향으로 찢어진 것이었다. 지빈은 몇몇 건물로 들어가기를 시도했으나 모두 사원증 없이는 문을 열 수 없었다. 지빈은 빗속에서 빠르게 차오르는 물웅덩이를 밟고 찰박찰박 달리며 열려 있는 문을 찾아 헤맸다. 이별의 애달픈 눈물이 온몸으로 스며들었다.

곳간에서 만난 여자

얼마 동안의 방황 끝에 지빈은 가까스로 문이 열려 있는 곳을 발견했다. 거대한 나무문을 삐걱거리며 열고 들어가자마자 마른 볏짚 냄새가 섞인 고소하고 시큼한 냄새가 후각을 자극했다. 천장까지 닿아 있는 높은 나무 선반이 운동장처럼 넓은 공간의 벽을 빙 두르고 서 있었다. 선반에는 거대한 장독, 새끼줄에 묶인 메주, 말린 채소, 곶감, 누룩, 담금주 등이 꽉 채워져 빈틈이 남아 있지 않았다. 각 선반에는 센서가 달려 있어 로봇들이 데이터를 수집하고 분석하며 철저한 관리가 이뤄지고 있었다.

선반 가장자리 옆에는 빨간 토마토가 가득 든 바구니를 끌어안은 여자가 서 있었다. 백발을 비녀로 치켜올린 늙은 여자는 키가 작았지만, 커다란 얼굴과 사나운 눈매가 위협적인 분위기를 풍겼다. 지빈은 저도 모르게 벽 뒤에 숨어서 그녀를 지켜봤다. 여자는 날렵한 손끝으로 토마토들을 쓰다듬으며 킬킬거렸다. 지빈은 기척도 내지 않았다. 그러나 숨소리를 들은 것인지 여자는 갑자기 고개를 치켜들고는 씨익 음산한 미소를 지었다.

"외부인이 들어온 것 같군요. 서천꽃밭 쪽에서 사이렌 소리가 들리던데, 밀렵꾼인가요?"

지빈은 숨을 죽인 채 자리에 주저앉았다. 하지만 쉬지 않고 달려 도망친 탓에 숨을 고르기가 쉽지 않았다. 긴장감이 흐르는 정적 속에 지빈의 맥박 소리는 점점 더 커져갔다. 도저히 인기척을 감출 수가 없었다. 그때 다 알고 있다는 듯 여유로운 목소리가 흘러나왔다.

"지금 나오지 않으면 보안팀을 부르겠습니다. 이곳은 서천꽃밭에서 멀지 않으니 금방 도착할 거예요."

지빈은 별수 없이 여자의 앞으로 나타나며 설명했다.

"아니에요! 그게… 서천꽃밭에 있었던 건 맞지만… 저희가, 그러니까, 실수를 했어요."

길게 찢어진 눈매의 매서운 눈동자가 놀라는 기색 없이 지빈을 향했다. 여자는 지빈을 위아래로 훑어보고 쯧, 혀를 차며 눈길을 돌렸다.

"그야, 찾으면 안 되는 것을 찾으니까요."

쫓기는 신세가 당연하다는 듯이 말하는 여자 앞에 지빈은 더 변명을 늘어놓기가 무색해졌다. 말없이 서 있는 지빈에게 여자가 설레설레 고개를 저어 보였다.

"이미 한 번 버려진 데는 그만한 이유가 있는 거랍니다. 그런데도 왜들 그렇게 애쓰지 못해 안달인지…."

여자는 말끝을 흐리며 안타깝다는 듯 작게 한숨을 쉬고 쓰다듬던 토마토들로 다시 시선을 돌렸다. 지빈은 그제야 여자를 자세히 봤다. 그녀는 화려한 색의 스카프를 머리에 두르고 두꺼운 통굽 단화를 신고 있었다. 지빈이 밖에서 본 정장을 입고 구두를 딱딱거리는 사람들과는 달랐다. 여자의 목에는 사원증도 걸려 있지 않았다. 지빈은 그녀가 이곳을 내밀하게 알고 있는 인물이라는 느낌을 받았다.

"누구세요? 서천꽃밭과 관련된 사람인가요?"

여자는 지빈의 말을 들은 척도 하지 않고 방 안의 음식들을 살피는 데 열중했다.

"소란을 일으켜서 죄송해요. 여기서 더 문제 일으키지 않고 떠날게요. 서천꽃밭의 보안팀을 돌려보내주세요."

여전히 냉담한 반응에 지빈은 머뭇거리다 자신의 생각

을 덧붙였다.

"서천꽃밭에는 너무 많은 것이 버려지고 있어요. 그중에는 누군가의 꿈을 찾아줄 수 있는 것도 있다고요."

장독을 열던 여자가 갑작스럽게 고개를 젖히며 지빈을 마주 봤다.

"사람들은 많은 이유로 그곳을 방문하죠. 하지만 그중 대부분의 이유는 착각입니다. 그들은 자신이 원하는 걸 서천꽃밭에서 찾을 수 있을 거라 믿지만, 사실은 대개 자신이 이미 그것을 가지고 있다는 걸 모릅니다."

지빈의 마음이 무겁게 가라앉았다. 여자의 말을 완전히 알아들을 수는 없었지만, 플라스틱을 찾으려던 그들의 노력이 소용없다고 말하는 것만은 분명했다. 이대로 치아루의 꿈은 영영 이룰 수 없게 되는 것일까. 그러다 문득 얘기해본 적 없는 가람의 꿈이 떠올랐다. 서천꽃밭에서 그들이 원하는 것을 찾을 수 없다면, 그 밖에 있는 것이라도 되찾을 수 있을까.

"소각장에서는 탐색 로봇을 쓸 수 없나요? 플라스틱을 찾으려는 건 아니니까 걱정 마세요. 그곳에 잃어버린 것이 있어요. 이대로 놓치면 영영 사라져버릴 거예요."

지빈의 물음에 여자는 단칼에 잘라 말했다.

"소각장은 찾지 마세요. 위험하니까. 버려진 것은 그대로 떠나보낼 줄 알아야죠. 꿈을 찾기 위해 서천꽃밭에 오는 사람이 있는가 하면 꿈을 버리러 오는 사람도 있는 거예요. 가끔은 버린 꿈을 다시 찾으려는 사람도 있지만."

여자는 지빈을 위아래로 훑어보고는 물었다.

"당신은 어느 쪽이죠?"

회상

장마가 유독 오지 않는 여름, 지빈은 고치바에서 퇴근하며 마른 장우산을 질질 끌고 집까지 가는 길이 멀다고 생각했다. 소나기 이후 더위가 한풀 꺾이고 어스름한 여름 저녁 공기가 산뜻했다. 바깥을 오래 맴돌고 싶게 만드는 날씨였다. 지빈은 치아루의 가게를 찾아갔다.

폐쇄된 수족관에서 치아루를 만난 뒤 처음 그의 가게를 방문하는 것이었다. 수족관에서 왜 춤을 그만뒀냐는 지빈의 질문에 치아루는 끝내 대답하지 않았다. 지빈이 도착했을 때 치아루는 담배를 다 태우고 가게로 들어오는 중이었다. 지빈이 이전에도 맡아본 적이 있는 냄새였다.

"그때 생각난다."

지빈이 웃으며 말했다.

"너랑 카페에서 만났을 때 말이야. 그때 네 꼴이 정말 엉망이었는데."

치아루는 잠자코 웃으며 지빈이 주문한 술을 내밀었다. 지빈은 치아루가 다른 손님들이 주문한 술을 준비하는 모습을 지켜봤다. 레몬을 반으로 갈라 즙을 짜내고 위스키와 소다수를 섞는 치아루의 눈은 그 어느 때보다 편안해 보였다. 왜인지 그 모습이 보기 좋아 지빈의 시선은 계속해서 치아루의 표정, 눈, 그리고 끊임없이 움직이지만 여유 있는 손짓에 머물렀다.

"왜 춤추는 걸 그만뒀냐면…."

새로운 잔을 꺼내 얼음을 채우던 중 치아루가 느닷없이 말을 꺼냈다. 지빈은 그가 얼마 전 수족관에서 끊겼던 대화를 다시 꺼내고 있다는 것을 알아차렸다. 치아루는 시선은 잔에 고정한 채 말을 이어갔다.

"대회에서 우승을 할 때면, 분명히 기분은 좋았지만, 상상해왔던 것만큼 행복이 오래가지는 않았어. 시간이 지나면서 내가 결과에 지나친 환상을 가지고 있었다는 생각이 들었어. 그래도 꾸준히 물리치료와 대회 출전을 병행했지만 한번 들기 시작한 생각을 떨칠 수가 없었지."

"그래서 수술을 포기했던 거야?"

지빈이 물었다. 비록 그해 여름밤 그들은 서천꽃밭에서 플라스틱 꿈을 찾는 것에 실패했지만, 그로부터 몇 년 후 치아루의 대기 순번이 다가왔다. 그러나 치아루는 수술을 포기하기를 선택했다.

"수술을 앞뒀을 때는, 막상 정말로 플라스틱 다리를 가진다고 생각하니까 겁이 났어. 그리고 오랜 고민 끝에 내린 결론은, 내가 과정 자체로 만족할 수 있다면 어떤 일을 하든 행복할 수 있을 것 같다는 거였어."

줄곧 칵테일이 찰랑이는 잔을 향하던 치아루의 눈이 힐끗 지빈을 쳐다봤다. 치아루는 지빈의 눈치를 살피고 있었다. 그제야 지빈은 치아루가 자신의 질문에 왜 곧바로 대답할 수 없었는지 알 수 있었다. 그는 미안해하고 있었다. 자신의 꿈을 위해 그들이 치렀던 대가에 대해, 그럼에도 결국 다른 선택을 했던 것에 대해.

"후회하지는 않아?"

치아루는 읽어내기 모호한 표정을 하고 있었다.

"이것도 재미있어."

그가 가게를 둘러보며 대답했다. 가게는 어두운 조명과 잔잔한 음악으로 쾌적하고 조용했다. 속삭이는 대화와 웃음

소리로 가게는 활기에 차 있었다.

"사람들이 내가 만든 술, 내가 만든 공간을 좋아하는 걸 보면 즐거워. 그때와는 또 다른 종류의 행복이야. 그날그날의 작은 목표와 성취들, 지금 나의 행복은 아주 가까이에 있어."

그렇게 말하는 치아루의 눈은 충만한 빛을 간직하고 있었다. 지빈은 치아루의 눈을 보면서 그가 비로소 자신에게 알맞은 비율의 뜨거운 물과 차가운 물을 가지게 되었다는 사실을 알아차렸다.

"그럼 그걸로 됐어. 원래 산다는 게 한 치 앞도 모르는 거잖아."

지빈이 부러 흔쾌히 말했다. 돌이켜보면 지난 세월 동안 계획대로 되는 일은 거의 없었다. 대개 모든 것은 어쩌다 이뤄진 것들이었다. 목표와 기대를 세워도 언제나 예상을 뒤엎는 변수들이 난입해서 설계를 훼방했다.

"나도 그때 예상한 것과는 다른 길을 가고 있는걸. 교환학생을 떠나 세계에서 가장 유망한 언어학 연구실에서 일했지만, 일을 할수록 분명하게 알게 되었어. 그건 내가 원하는 일이 아니라는 걸. 연구실에서는 언제나 실험 참가자와 엄격하게 거리를 유지해야 해. 연락처를 공유해서도, 일정 수

준 이상의 사적인 대화나 관계를 가져서도 안 되지. 그런데 정말로 내가 하고 싶었던 건, 더 자유롭게 많은 사람과 교류하고 그들을 깊이 있게 이해하는 거였어."

치아루는 채우던 잔을 내려놓고 지빈의 이야기에 집중하고 있었다. 지빈이 계속해서 말했다.

"그래서 귀국한 뒤에도 고민이 길어졌어. 석사 지원을 미루던 참에 주위 친구들을 따라 채용 공고들을 찾아보기 시작했고, 다양한 바이어를 만나 교류하는 해외 영업이라면 나랑 잘 맞을지도 모른다고 생각했지. 이력서를 넣은 많은 기업 중 고치바에 붙을 줄은 몰랐지만 말이야."

지빈이 기함했다.

"막상 입사한 뒤에는? 재미없었어. 어쩌다 뿌듯한 일도 생겼지만, 대부분의 업무는 엑셀을 빤히 들여다보는 지루한 일이 태반이었어. 매일 반복되는 일상도 지겨웠지. 그러다 점점 내가 그때 언어학을 공부하지 않기로 마음을 바꾼 것이 맞는 선택이었을까 의구심이 드는 거야."

지빈이 한 손으로 턱을 괸 채 술잔을 입에 가져다대며 말했다.

"그러다 오랜만에 너를 만나고, 우리가 함께 지낸 시간을 떠올리며 생각해냈어. 내가 앞으로 하고 싶은 일이 뭔지 말이야."

다 비운 술잔이 떨어지고 드러난 얼굴은 활짝 웃음을 짓고 있었다.

"치아루, 네가 행복하다니 다행이야. 그 말이 용기가 되었어. 네가 새로운 변화에도 행복할 수 있다면, 나도 그럴 수 있을 것 같아. 내가 한 선택을 맞는 선택으로 만들어가볼 거야."

다음 날 지빈은 출근하자마자 사랑채 회의실로 향했다. 팀 회의가 있는 날이었다. 하나둘 모인 팀원들이 좌식 탁상을 둘러싸고 방석 위에 앉으며 시시콜콜한 잡담을 나눴다.

"지난번 비로 장마가 시작된 줄 알았더니 그냥 소나기였대."

"나 원, 이렇게 더워서야 차라리 비가 왔으면 좋겠네."

어느새 팀원 전원이 회의실로 들어오고 팀장이 회의를 시작했다. 일주일 동안 팀원별로 맡은 업무와 각각의 진행 상황을 간단하게 정리하며 피드백을 주던 팀장이 지빈을 쳐다보면서 말을 이었다.

"이번에는 미국에서 불량품 문의가 들어왔어. 이번 건도 지빈 씨가 한번 맡아봐. 그때 프랑스 건 잘 해결해줬다고 들었다."

책임도 고개를 끄덕였고, 선배는 것 보라는 듯이 눈길을 줬다. 회의가 끝나고 행랑채로 돌아와 자리에 앉은 지빈은 팀장 자리를 흘끗 봤다. 의자 등받이에 등을 기대고 모니터를 끔벅끔벅 바라보는 모습이 바쁜 눈치는 아니었다. 지빈은 망설였다. 그러나 지금 말하지 않으면 후회할 것 같다는 생각이 머릿속을 강하게 휩쓸었다. 지빈은 자리에서 일어나 팀장에게 다가갔다.

"팀장님 바쁘세요?"

지빈이 용기를 내 물었다.

"잠깐 이야기 좀 나눌 수 있을까요?"

지빈은 흠칫 놀란 눈치의 팀장과 함께 탕비실로 갔다. 로봇이 다기에서 내려주는 아메리카노를 건네받으며 팀장이 먼저 입을 열었다.

"왜, 무슨 일 있어?"

지빈은 아메리카노가 든 잔을 움켜잡으며 조심스럽게 말을 꺼냈다.

"아까 말씀하신 미국 불량품 문의 건이요. 맡겨주신 건 감사하지만…"

지빈은 눈동자를 굴리며 신중하게 단어를 골랐다.

"사실 해보고 싶은 업무가 따로 있어서요."

"설마 지빈 씨, 벌써…."

불안한 듯 눈빛이 흔들리는 팀장에게 지빈이 다급하게 말을 이어갔다.

"아니요, 다른 데 가려는 건 전혀 아니고요, 그게…."

지빈이 망설이다 조심스럽지만 명확한 어조로 설명했다.

"괜찮다면 기존 고객 관리보다 신규 고객을 확보하는 일을 더 해보고 싶습니다. 새로운 분야의 사업을 기획하고 고객사에 영업해 다른 파이프라인을 뚫어보고 싶어요."

"그거야 우리 팀 리소스를 봐야겠지만… 좀 더 구체적인 이유가 있나?"

팀장의 물음에 지빈은 어디서부터 설명을 해야 좋을지 생각했다. 그 여름의 기억들이 복잡한 실타래처럼 얽힌 채 목구멍에 걸려 있었다. 다리 근육의 통증으로 무용수로서 시한부 선고를 받고 스스로를 더 악착같이 몰아가야 했던 치아루, 물류 창고에서의 부상 이후로 몇 년 동안 변함없이 플라스틱을 찾아 서천꽃밭을 헤매는 아저씨, 5년 만에 플라스틱 손가락을 이식받았다고 자랑하던 언어학 연구실의 실험 참가자, 그리고 유가람까지. 많은 사람과의 만남과 상처가 겹겹이 포개져 지금의 생각에 이르게 해줬다. 지빈은 가볍게 입을 열었다.

"우리 제품이 더 필요한 사람들에게 가닿았으면 해서요. 성형 외 의학 산업에서도 대량 생산이 가능해지고 공급화가 되었으면 좋겠어요."

지빈이 자리로 돌아와 엑셀 화면을 빤히 들여다보던 와중, 메신저를 확인해보니 선배에게서 같이 점심을 먹자는 메시지가 와 있었다.

점심시간, 그들은 가마솥에서 배식을 받은 식판을 가지고 마루에 자리를 잡았다. 지빈은 마루에 앉아 쾌청한 하늘을 올려다보며 도대체 장마가 언제쯤 시작될까 생각했다. 식사를 마친 뒤에는 커피를 들고 마당을 산책하며 담화를 나눴다. 선배가 말을 꺼냈다.

"너 팀장님한테 사업 기획을 더 해보고 싶다고 했다며?"

"소문이 빠르네요."

"어제 책임님이랑 커피 마시다가 들은 건데, 사업팀에서도 분야를 넓힐 생각인가봐. 신사업 발굴 TF를 모집한대. 아마 우리 팀에서는 팀장님이 너를 추천 명단에 올리실 것 같아. 결과가 확정되면 알려주실 거야."

168

선배가 지빈의 표정을 보고 덧붙였다.

"욕심 있는 건 알겠는데 신중하게 생각해봐. 원래 하던 보형물 해외 영업 건을 맡는 게 인센티브나 평가에는 더 유리할 거야."

그들은 어느덧 안채 인근을 거닐고 있었다. CEO와 임원진의 사무실 마루 아래에 신발을 보고 그들은 목소리를 낮춰 대화했다. CEO의 사무실 앞을 지나칠 즈음, 돌 위에 놓여 있는 단화가 눈에 들어왔다. 창호지 너머로 일렁이는 그림자가 보이고 숟가락과 젓가락이 부딪히는 소리가 들려왔다. 지빈은 사무실을 지나 나무 기둥의 모퉁이를 돌아서야 질문을 꺼냈다.

"대표님은 어떤 분이세요?"

"대장금은 대단하신 분이야. 아, 대표님보다는 대장금이란 호칭을 선호하시거든. 발효식품을 파는 전통 한식 업체를 거대한 플라스틱 제조업체로 탈바꿈했으니. 그래도 대장금이라고 불리는 것을 선호하는 걸 보면, 역시 아무리 다른 사업을 넓혀도 제 뿌리는 요리에 있다고 생각하시는 거지."

선배가 혀를 내두르며 말했다.

"원래는 종갓집 며느리였는데 남편이 가세를 말아먹었다지. 그런 힘든 상황에서 대장금이 플라스틱 제조업체에 인수를 제안해 지금의 고치바를 탄생시킨 거야. 자기가 만든 발효식품을 PHA 원료로 팔아넘길 생각을 한 거지."

선배와 한참을 산책하던 지빈은 그들이 CFO의 사무실 앞에 와 있는 것을 알아차렸다.

"어, 여기에는 신발이 없네요?"

"필요 없으니까."

선배가 대답하면서 지빈이 말릴 틈도 없이 창호지 문을 열어젖혔다. 지빈은 방 안을 채우고 있는 모니터와 컴퓨터들을 한참 동안 바라본 뒤에야 알아차렸다.

"CFO가 인공지능이었어요?"

"원래부터 그랬던 건 아니고, 서천꽃밭에 있던 로봇이 진급했다나. 나도 자세한 건 잘 몰라. 개발팀에서는 따로 손 댄 적이 없는데 언제부터 스스로 생각하고 기억하고, 사람 못지않게 성능이 좋아졌다고 하더라고."

선배가 늘어놓는 설명을 들으며 지빈은 회상에 잠겼다. 비가 끊이지 않던 그 여름, 지빈이 좀처럼 나오지 않는 답을 구해 서천꽃밭을 찾으면 언제나 그곳을 지키고 있던 그 애, 아무것도 필요하지 않은 것처럼 자유롭고, 제멋대로인 듯 보이면서도 소중한 것들을 기억하기 위해 로봇을 개발한다던 그 애가, 애써 억누르던 의식을 뚫고 마음에 피어났다.

아포칼립스

그날 아침은 유독 하늘이 맑고 햇빛이 반짝거려 기억에 남았다. 모처럼 일기예보에서도 하루 종일 쾌청한 날씨를 예고한 날이었다.

치아루는 유유히 물속을 가르며 기분 좋게 몸을 풀고 있었다. 오랜 시간 벼르고 고대하던, 전국 대회가 열리는 날이었다. 치아루는 여유롭게 헤엄치며 콧노래를 흥얼거렸다. 왜인지 느낌이 좋았다. 오늘 우승하면 세계 그랑프리에 진출한다. 그가 가진 꿈을 충족할 수 있는 절호의 기회였다.

"종아리는 어때?"

코치가 다가와 물었다.

"무감각해요."

치아루가 물 위에 둥둥 뜬 채 대답했다. 전국 대회를 앞두고 병원을 찾은 치아루에게 의사는 강조했다. '통증이 느껴지면 바로 알려야 해요.'

치아루는 그럴 일은 일어나지 않을 거라고 확신했다. 치아루는 자신의 몸을 잘 알았다. 세포 하나, 혈관 하나까지도 모두 이날만을 위해 소모되었다. 제 몸이 이런 기회를 스스로 망칠 리가 없었다. 그는 자신이 있었다. 모든 확신과 예상을 깨뜨린 것은 지빈에게 걸려온 전화였다.

"나야."

휴대전화 너머로 들려오는 떨리는 목소리에서 치아루는 불길한 신호를 감지했다. 그는 그녀의 나머지 말을 다 듣기도 전에 신에게 한숨을 쉬었다. 왜 하필 지금. 그러거나 말거나 귓속에는 지빈의 목소리가 계속해서 이어졌다.

"서천꽃밭에서 도망치던 밤, 복원 공사 중에 사고가 났는데, 공사장을 지나쳐 소각장으로 도망쳤던 유가람이, 떨어지는 패널에 그만 부상을…."

치아루는 휴대전화를 귀에서 내려 희미해지는 지빈의 목소리 너머로 시간을 확인했다. 아직 치아루가 참가하는 종목을 시작하기까지는 시간이 제법 남아 있었다. 치아루는 수영장을 나오며 어딜 가냐는 코치의 물음에 대답했다.

"잠깐 어디 좀 다녀올게요. 늦지 않게 돌아올 거예요."

병원에 도착했을 때는 새하얗게 질린 지빈이 그를 기다리고 있었다. 치아루는 붕대를 칭칭 감싸고 침상에 누워 있는 가람을 바라봤다. 뉴스에서는 하도급 구조로 책임 소재를 밝히는 데 어려움이 있다느니 하는 소리들을 늘어놓고 있었다.

의식이 없는 가람을 지켜보는 동안 시간은 빠르게 흘러갔다. 치아루는 딱딱한 병실 의자에 앉아 의사의 진단을 하염없이 기다리고 있었다. 온몸의 관절이 시계추가 된 것처럼 후들거렸다. 그러다 화들짝 꿈에서 깨어난 듯 휴대전화로 시간을 확인했다. 지빈이 치아루의 앞에 다가왔다.

"치아루, 네 차례가 언제지?"

"다섯 시."

치아루가 대답하자 지빈이 말했다.

"세 시가 되기 전에 출발해. 여기는 괜찮을 거야."

지빈이 그렇게 말하는 순간, 치아루는 안도했다. 의식할 새도 없이, 지빈이 먼저 그렇게 말해줘 다행이라는 생각이 머릿속에 파고든 것이다.

비가 오지 않을 거라는 예고와 다르게 거짓말처럼 비가

주룩주룩 내리기 시작했다. 경기장으로 향하는 도로는 세찬 비를 뚫고 달려가는 자동차들로 막혔다. 치아루는 택시에서 내려 대회장 안까지 숨 가쁘게 달려갔다. 관객들의 환호가 축축한 공기에 부딪히는 울림과 시큼한 락스 냄새에 에워싸이며 그는 가슴이 두근거렸다.

"서둘러. 이제 올라가야 해."

코치가 재촉했다. 치아루는 새하얀 무대 의상으로 갈아입었다. 종아리의 통증 따위는 잊어버린 지 오래였다. 치아루는 자신의 이름이 호명되는 소리를 들으며 무대로 나왔다. 관객들의 시선과 환호를 한 몸에 받으며 그는 생각했다. 그래, 이거야. 치아루는 관객들을 쳐다봤다. 음악 소리가 흘러나왔다. 치아루는 차가운 물속으로 뛰어들었다.

아름다운 음악에 맞춰 물속에서 유려하게 몸을 움직였다. 하지만 치아루는 대회에 오롯이 집중할 수가 없었다. 그는 어디서부터 잘못된 것일까 생각했다. 사이렌 소리가 울려 퍼지던 밤 서천꽃밭을 나와 가람을 먼저 찾아야 했을까. 아니면 그보다도 전에 탐색 로봇을 빌리지 말고 직접 산을 뒤져봐야 했을까. 아니면 처음부터 그런 부탁을 하지 말아야 했을까. 그것도 아니면 근육이 약하다는 진단을 받았을 때부터 모든 것을 그만둬야 했을까.

생각이 많아질수록 동작이 음악을 바로 따라가지 못했다. 금방이라도 박자에 엉망으로 엉켜들 것 같았다. 종아리에서부터 째앵, 북을 울리는 듯한 통증이 그물처럼 치아루를 집어삼키며 무서운 힘으로 그의 몸을 끌어내렸다. 금방이라도 온몸에서 힘이 빠져나갈 것 같았다. 치아루는 멈추지 않는 음악을 놓치지 않으려 안간힘을 썼다.

흘러가는 음악과 반대로, 시간의 태엽을 과거로 돌리면서, 치아루는 자신이 포기를 생각하던 순간 그를 다시 움직이게 했던 동기를 떠올렸다.

'치아루, 네 춤을 본 이후로 나는 내가 어떻게 살고 싶은지를 발견할 수 있었어. 네 춤은 나에게 특별한 계기이자 동기인 거야. 아마 나뿐만 아니라 수족관에서 너를 기다리는 많은 사람에게 그렇겠지.'

치아루는 바이올린의 선율에 따라 물 밖으로 고개를 내밀었다. 물먹은 공기 너머 관중들의 환호가 메아리치며 들려왔다. 다시 물속으로 잠수하자 차가운 물이 정신을 일깨우듯 온몸의 감각을 감싸며 얼얼하게 때려 부수는 느낌이었다.

다카포. 지금 이 순간 치아루가 할 수 있는 최선은 그 주문을 외우는 것이었다. 돌이킬 수 없이 모든 것을 망쳐버린 것 같지만, 곡이 그렇게 흘러가듯 삶의 구성을 다시 정돈하고 바로잡을 수 있는 순간은 분명 올 것이다. 그렇게 믿으며 아랑곳하지 않고 춤을 추는 수밖에 없었다.

공연이 끝나고 수면 위로 나왔을 때는 박수갈채가 쏟아지고 있었다. 치아루는 짜릿한 희열로 온몸이 달아오른 것을 느끼며 물 밖으로 나왔다. 관객들의 환호와 박수 소리가 더 거세졌다. 모두가 그를 에워싸고 추앙하고 있었다.

"축하해."

반짝거리는 메달을 신기하다는 듯이 만지작거리던 지빈이 말했다.

"그날 사고 때문에 충격도 받았고 긴장되었을 텐데, 어떻게 그렇게 잘했어?"

"내 실력에 대한 확신이지."

치아루가 담담하게 대답했다. 그 말에 지빈은 동의한다는 미소를 지어 보였다.

"치아루, 넌 분명 세계 그랑프리에 가서도 잘할 거야. 그냥 하는 말이 아니야. 나는 네 춤을 봤잖아. 확실히 네 춤은 다른 무용수들과 달라."

그렇게 말하는 지빈의 표정에 슬픔이 가득 차 있었다.

그녀가 탄식했다.

"아! 이렇게 뿔뿔이 흩어지게 되는구나. 너는 대회에 출전하러 프랑스로, 나는 교환학생으로 미국에."

치아루는 아무 말도 할 수 없었다. 그에게는 약속할 수 있는 것이 없었다. 얼마나 많은 대회에 출전하고 돌아올지, 가람은 괜찮아질 수 있을지, 그들은 언제 또다시 모일 수 있을지… 확신할 수 있는 것은 하나도 없었다. 쉽게 깰 수 없는 침묵 끝에 지빈이 다시 입을 열었다.

"자꾸 그런 생각이 들어."

지빈이 참을 수 없다는 듯이 두 손으로 머리를 움켜잡으며 말했다.

"다른 선택을 했더라면, 하는 가정 말이야. 쓸데없고 바보 같은 상상이지. 알아. 그래도….."

지빈이 숙이고 있던 머리를 갑작스럽게 쳐들며 치아루의 눈을 매달리듯 들여다봤다.

"잘못된 선택투성이라는 생각을 떨칠 수가 없어. 내가 그 애에게 네 플라스틱을 찾아달라고 부탁하지 않았더라면 사고도 없었겠지. 아니, 처음부터 너를 만난 날 서천꽃밭에 가지만 않았어도."

지빈은 슬픔과 불안에 못 이겨 모든 것을 처음으로 되

돌리고 싶은 충동에 빠져 있었다. 상심에 빠져 있는 그녀에게 치아루가 말했다.

"다카포. 망쳤다는 걸 직감한 순간, 처음으로 돌아가는 주문이야. 복수의 선택지가 주어졌던 순간으로 돌아가는 거지. 그리고 이번에는 다른 길을 선택하고 처음부터 다시 시작하는 거야."

지빈은 울 것 같은 표정을 지었다.

"하지만 그렇다고 해서 정말로 처음으로 돌아가는 건 아니잖아."

치아루가 약속했다.

"돌이킬 수 있는 순간이 언젠가 올 거야. 그때 기억하면 돼."

그렇게 말하는 치아루의 표정이 진지해서 지빈은 정말로 그런 순간이 올지도 모른다는 생각이 들었다. 지빈은 운명론자였다. 그녀는 낭만적 생의 흐름을 믿었다. 치아루의 말에는 희망에 대한 믿음을 주는 이상한 힘이 실려 있었다. 그래서 그때의 지빈은 그의 말에 의지한 채 그들의 이별을 받아들이는 수밖에 없었다. 그렇게 그들이 끝나지 않기를 바랐던 여름은 대재앙으로 끝을 맞이했다.

팀장과의 면담 이후 며칠이 지났다. 지빈은 퇴근하자마자 치아루의 가게로 향했다. 바 앞에 서 있던 그는 지빈을 보고 말없이 술잔을 건네줬다.

"신사업 발굴 TF에 들어가게 되었어. 희망하던 제안을 받았는데도, 원래 하던 보형물 해외 영업 일을 계속 맡는 게 나았을까 잠시 고민되더라. 좋은 평가를 받으려면 기존에 하던 일을 계속하는 것이 유리할 테니까. 그래도 새로운 걸 시도해보기로 결정했지. 내 나름 이루고 싶은 일이 있었으니까. 조만간 TF 미팅을 할 거야."

칵테일이 담긴 술잔을 들던 지빈의 손이 주춤했다. 그녀는 잔을 도로 내려놓고 한숨을 쉬었다.

"사실은 요즘 자꾸 그 애 생각이 나. 아니, 생각나지 않은 적이 없었지."

지빈이 신물 난다는 듯이 말했다.

"이 짓거리도 그만하자."

그녀가 치아루의 눈을 똑바로 마주 보며 말했다.

"아무 일도 없었던 척, 연극 놀이 하는 것 말이야. 우리 둘 다 기억나지도 않는 것처럼 행동하지만 사실은 계속해서 생각하고 있잖아."

스피커에서 음악이 평온하게 흘러나왔다. 치아루가 입을 열었다.

"그 후로 만나봤어?"

지빈이 고개를 저었다.

"연락도 안 되고, SNS도 안 하는지 소식을 알 길이 없어."

"만나면 뭐라고 하게?"

치아루가 물었다. 아무 말도 못 하는 지빈을 보며 그가 냉담하게 말했다.

"어쩌면 그게 그 애의 대답일지도 모른다는 생각 안 해봤어? 그때 그 애가 그렇게 누워 있는 채로 우리 둘 다 떠났는데 말이야."

치아루의 말이 차갑게 가슴을 파고들었다. 지빈은 고개를 저으며 중얼거리듯 말했다.

"그 애라면 그러지는 않을 거야. 그 애라면."

말은 그렇게 했지만, 지빈은 치아루의 말이 가장 그럴듯한 추측이라는 사실을 알고 있었다. 술잔을 마저 비우고 지빈은 비틀거리며 치아루의 술집을 나왔다.

풀벌레 우는 소리가 푸른 밤 너머로 어렴풋이 들려오고

있었다. 무심코 들이마신 밤공기에 배어 있는 익숙한 물 냄새가 마음이 쓰여 지빈은 발걸음을 움직일 수 없었다. 지빈은 메마른 아스팔트 도보 위에 주저앉아 한참이나 추억 끝을 붙잡고 매달려 있었다. 행복하면서도 다가오는 이별을 슬퍼하고 있던, 비가 주룩주룩 내리던 그 여름을 지빈은 못내 그리워했다.

수조 밖 물고기

그해 여름, 서천꽃밭에서 PHA 플라스틱을 찾기로 한 결전의 날이 오기 전이었다. 주말을 앞둔 금요일 저녁, 지빈과 가람, 그리고 치아루는 서천꽃밭 산 중턱에 버려진 커튼 너머 가람의 아지트에서 그들이 곧 벌일 음모의 완벽한 성공을 도모하기 위해 작당모의 중이었다. 가람이 CCTV 화면의 서천꽃밭에 버려진 기울어진 소파를 가리키며 말했다.

"다음 주 월요일 이 시간에 저 소파 아래로 와. 유일한 CCTV 사각지대거든. 혹시나 근처에 잡힐 만한 CCTV들도 미리 손을 써둘게."

가람이 CCTV 화면의 서천꽃밭 구석 한곳을 가리키며 그들에게 말했다.

"고치바는 월요일 조기 퇴근이라 월요일 저녁에 남아 있는 사람들이 연구원밖에 없어. 그날 서천꽃밭 문을 닫은 뒤에 우리는 탐색 로봇으로 플라스틱을 찾는 거야."

지빈과 치아루는 버려진 물건들에 몸을 기댄 채 가람의 지시를 듣고 있었다.

"좋아."

턱을 괴고 듣고 있던 지빈이 대답했다.

"그 전까지 우리가 해야 할 건?"

지빈의 물음에 가람은 어깨를 으쓱였다.

"없어."

지빈이 큰 소리로 한숨을 내쉬었다.

"그 전까지 지루해서 어떻게 기다려? 무료해. 매일 비가 와서 아무것도 할 수가 없어."

지빈이 불평했다. 서천꽃밭 바깥에서 찰박찰박 빗방울이 쌓여가는 소리가 약하게 돌아가는 냉방 소리 너머로 은은하게 들려오고 있었다.

"비가 무슨 상관이야?"

가람이 커튼 밖으로 나가며 물었다.

"비가 안 왔으면 뭘 했을 것 같은데?"

가람을 따라 밖으로 나온 지빈은 잠깐 동안 생각에 잠

겼다가 대답했다.

"음, 나는 바다에 갔을 거야."

지빈은 해가 타오르는 쨍쨍한 하늘 아래에 펼쳐져 있을 시원한 바다를 상상했다.

"바다를 마음껏 구경하고 물놀이를 할 거야. 저녁으로는 싱싱한 회를 마음껏 먹고 해변에서 일몰을 감상해야지."

지빈이 즐겁게 말을 이었다. 가람이 잡동사니 속에서 버려져 있는 시계를 주워 시간을 확인하고는 어깨 너머로 던졌다.

"한 시간 뒤면 퇴근이야. 이 근처에 자동차들이 버려져 있는 폐차장이 있어."

가람이 치아루와 지빈을 번갈아 봤다. 특유의 담백한 미소로 그의 입가가 씨익 올라가 있었다. 가람이 활기차게 말했다.

"비가 무슨 상관이야? 오늘 바다에 가자."

서천꽃밭 문을 닫았을 때는 다행히 비가 그쳐 있었다. 지빈과 치아루는 가람을 따라 쪽문을 나오고, 고치바 뒤편으로 쭉 뻗어 있는 아스팔트 도로를 따라 올라가, 넓은 고원처럼 펼쳐진 폐차장에 도착했다. 폐차장에는 오래되어 녹슨 기계들이 버려져 있을 것이라는 지빈의 예상과 달리 번쩍거리는 빨간색 페라리, 파란색 테슬라, 화려한 색깔의 자동차들이 다닥다닥 붙어서 만차의 주차장 안처럼 나열되어 있었다.

자동차 사이사이에는 익룡 크기의 거대한 드론, 신발 크기의 작은 드론, 불이 들어왔다 꺼졌다 반복하는 로봇 등 각기 다른 기계들이 쌓여 있었다. 어떤 로봇들은 버려진 다른 기계들 사이에서 움직이고 작동하기도 했다. 가람이 기계들 사이를 걸으며 지빈과 치아루에게 말했다.

"원래는 오래된 자동차들을 모아놓는 곳이었는데, 드론이나 로봇 같은 다른 기계들이 상용화되고 신형 공급이 빨라지면서 유행이 지난 기계들은 모두 이곳에 버려지게 되었어."

가람은 그들을 데리고 오래된 고철이 높게 쌓여 있는 패널 아래로 걸어 들어갔다. 패널 아래 망가진 자동차 파편 위에 비스듬히 뉘어 있던 로봇 하나가 손을 흔들었다.

"유가람, 오랜만이야."

가람이 익숙하게 인사를 받았다.

"간만이야, 춘자."

가람이 춘자에게 물었다.

"성능이 멀쩡한 자동차가 어디 있는지 알아? 오래된 것도 상관없어."

춘자는 자존심이 상한 듯 쏘아붙였다.

"나는 탐색 로봇이 아니야, 유가람."

"미안해."

가람은 춘자가 괜한 신경질을 부린다는 듯이 눈썹을 치켜올려 표정을 찌푸리면서도 순순히 사과했다. 춘자를 지나치며 가람이 지빈과 치아루에게 속삭였다.

"쟤는 알고리즘에 설계되지 않은 말을 지어내기 시작하면서 버려졌어. 내가 보기엔 더러운 성질머리가 진짜 이유였을 거야."

그들은 폐차장에 뿔뿔이 흩어져 문이 열려 있는 자동차를 찾아 일일이 시동을 걸어보기 시작했다. 시동이 걸리면 깜빡이를 켜고, 핸들을 돌리고, 브레이크와 액셀을 번갈아 밟으며 작동을 시험해봤다. 오랜 시간이 걸려 마침내 그들은 차창에 조금씩 금이 가고 차체가 찌그러져 있지만, 주행에는 아무런 문제가 없는 자동차를 찾아냈다.

지빈과 가람, 그리고 치아루는 자동차 냉방도 켜지 않은 채로 고속도로를 달렸다. 푹푹 찌는 더위로 차 안은 금세 뜨겁게 데워졌다. 그들은 뜨거운 시트에 몸을 기대고 허덕이면서 끝없는 고속도로를 건너야만 했다. 한참을 달리던 중, 금이 간 틈으로 갑자기 차가운 물이 들이쳤다. 어느새 비가 내리기 시작한 것이다. 빗줄기에 온몸이 씻겨 내리는 것 같은 시원한 쾌감을 느끼며 지빈은 탄성을 질렀다.

치아루는 창문 밖으로 얼굴을 살짝 내밀었다. 흐르는 물결처럼 얼굴 위를 지나가는 차가운 바람과 빗물에 치아루는 거친 물살의 바닷속을 유영하는 물고기가 된 것 같았다.

치아루와 지빈의 탄성을 들으며 가람은 속력을 높이고 오래된 스피커의 음악 소리를 키웠다. '더 크게! 더 크게!'라고 소리 지르는 것처럼.

자동차의 낡은 스피커로 새어 나오는 음악 소리가 잔잔해지고 빗줄기가 가늘어졌을 즈음, 지빈은 지쳐 조수석 등받이에 기댄 채 잠들어 있었다.

"박지빈, 일어나."

지빈은 가람이 어깨를 흔들어 깨우는 소리에 일어났다. 눈을 뜨자마자 차창 너머 사방으로 펼쳐진 파란 바다가 보였다. 지빈은 잠시 말을 잃었다. 세 사람이 차에서 내렸을 때는 비가 그치고 맑게 갠 하늘이 바다에 비쳐 반짝거리고 있었다. 지빈은 오랜만의 산뜻한 공기를 크게 들이마셨다. 폐부 깊숙이 들어온 말간 숨에 밴 짭짤한 냄새가 지빈의 안을 바다로 가득 채우는 듯했다.

치아루가 앞장서서 바다로 들어갔고, 지빈이 그 뒤를 따라 들어갔다. 가람은 부서지는 파도 앞에 서서 잠시 망설였지만, 지빈이 손을 내밀자 퍽 담담한 얼굴로 바다에 발을 담갔다. 젖은 모래를 파고드는 발가락을 매만지는 물이 날카롭게 느껴질 정도로 차가웠다. 어느새 치아루는 수면이 종아리 위로 올라오는 깊이까지 들어가 있었다.

"어이, 치아루."

살금살금 치아루 뒤로 슬쩍 다가온 가람이 장난스러운 어투로 그를 불렀다.

"또 수중무용을 추려고?"

가람이 물으며 치아루에게 있는 힘껏 물을 튀겼다. 가람의 신호를 받고 다가온 지빈도 치아루를 향해 물장구를 쳤다. 치아루는 닥쳐오는 물살을 운동선수답게 노련하게 피하면서 둘에게 물살을 튀겨 올렸다. 그렇게 서막이 오른 전쟁은 잔잔하던 해수면을 얼마간 치열하게 휘몰아치고 지나갔다.

바다에서 나온 뒤에 셋은 허기진 배를 붙잡고 곧바로 근처 횟집으로 향했다. 그리고 오래된 횟집 간판 아래 수조 안의 물고기들을 들여다보며 횟감을 골랐다. 물고기들은 멀뚱멀뚱 수조 밖으로 그들을 내다보고 있었다.

"그런 생각 해본 적 있어?"

치아루가 물었다. 짭짤한 바다 냄새가 파도처럼 바람을 타고 휘휘 불어오고 있었다.

"물고기가 된 것 같다는 생각."

치아루의 질문에 지빈이 그를 돌아봤다. 치아루는 젖은 머리에서 바닷물을 뚝뚝 흘리며 수조 안의 물고기들을 말없이 쳐다보고 있었다. 물에 젖은 채 수조를 들여다보며, 지빈은 마치 자신들이 바닷속에 있는 것 같다고 생각했다.

식사를 마치고 치아루는 맥주와 과자를 사기 위해 편의점에 갔고, 가람과 지빈은 모래사장에 자리를 잡고 앉았다. 주말을 앞둔 금요일이었고, 바닷가에 세워둔 차 안에서라도 밤을 지새울 수 있을 것 같았다. 그들은 바다가 끝없이 펼쳐져 있는 수평선 너머를 내다보며 해가 지기를 기다렸다.

"배부르다!"

가람이 모래사장에 등을 기대며 외쳤다.

"재미있었어?"

가람이 지빈에게 물었다. 지빈이 활짝 웃으며 고개를 끄덕였다. 일정한 간격으로 몰아치는 파도 소리가 잔잔하게 들려왔다. 저물어가는 햇빛을 받아 아른거리는 바다는 마음을 차분하게 가라앉혀줬다.

　강렬했던 여행의 자극이 가시자 그동안 애써 외면해온 감정이 지빈 안에서 고개를 들기 시작했다. 지빈은 바닷가에 앉아 더없이 충만한 행복을 느끼면서도, 동시에 점점 다가오는 그 행복의 끝을 떠올리며 쓸쓸함을 느꼈다. 커져가는 행복에 비례해 다가오는 이별을 슬퍼하는 마음 역시 비대해져갔다.

　잊지 못할 여름의 단맛을 누리는 가슴 한편에, 채울 수 없는 구멍이 뚫린 듯 헛헛하고 아린 느낌을 도저히 지울 수가 없었다. 지빈은 좀처럼 사그라지지 않는 이 양가적 감정을 달래듯 밀려오고 멀어지기를 반복하는 파도를 하염없이 바라봤다.

　가고자 하는 곳과 동행하고 싶은 사람이 다른 곳에 있다는 것은 서글픈 일이었다. 그럼에도 지빈은 객관성을 잃지 않으려고 노력했다. 그녀가 있고 싶은 곳이 함께하고 싶은 그 사람에게 이끌리는 충동의 결과는 아닌지, 진정 그녀가 원하는 것은 무엇인지, 헷갈리지 않으려고 끊임없이 스스로를 의심했다.

　"무슨 생각 해?"

　질문하는 목소리에 지빈이 고개를 돌렸을 때는, 가람이

그녀의 표정을 유심히 지켜보고 있었다.

"재미있었어. 여행 말고도, 그동안, 전부 다."

지빈이 해맑게 웃으며 대답했다.

"이전에 나는 줄곧 불안했어. 분명 열심히 살았는데, 할 만큼 해왔는데, 그런데도 앞으로 무엇을 기대해야 하는지 전혀 감 잡을 수가 없었으니까."

쏴아아, 일정하게 들려오는 파도 소리가 어떤 비밀 이야기도 덮어줄 수 있을 것 같았다.

"그런데 이제 내가 미래에 어떤 행복을 누릴 수 있는지, 어떤 행복을 쫓아야 하는지 알아. 그래서 앞으로 내 삶이 기대가 돼. 물론 그렇다고 불안이 사라진 건 아니야. 기대를 이루지 못할 수도 있다는 가능성을 언제나 생각하게 되니까. 그렇게 불안과 기대에 바들바들 떨며 살아가는 거야."

지빈이 만족스럽다는 듯이 말했다.

"그래도 이 편이 훨씬 좋아. 불안을 느끼고 무언가를 간절히 바라는 이 느낌을 즐기고 싶어. 생동감 있게 살아가는 맛이 나."

가람이 물었다.

"그 변화의 이유에 나도 있어?"

지빈이 머뭇거리다 나지막이 대답했다.

"응."

지빈은 바다를 향해 고개를 돌렸다. 하늘은 서서히 주
홍색 빛깔이 번지기 시작했고, 잔잔한 파란 수평선 아래로
석양이 지고 있었다. 바다와 하늘의 흐릿한 경계, 환한 빛이
서서히 퍼져나갔다가 없어지는 것을 지빈과 가람은 숨죽여
지켜봤다. 수평선 너머로 해가 완전히 사라졌을 즈음에는
지빈은 그와 손을 맞잡고 있었다.

해가 저물고 하늘은 어느덧 보랏빛이 도는 어둠을 끼
고 있었다. 바다를 상대로 아무리 맥주를 마셔도 그들은 취
하지 않았다. 빈 맥주 캔들이 모래사장에 하나둘 늘어났고,
그들은 편의점을 몇 번 더 방문해 사 온 맥주까지 모조리 비
웠다.

지빈이 고개를 돌려 옆에 앉아 있는 치아루에게 말을
건넸다.

"어때, 휴식은 잘 취한 것 같아?"

치아루가 옅은 미소를 지으며 대답했다.

"정말 간만의 휴식이었어. 너무 오랫동안 무용에만 집
중하며 살았는데."

지빈은 치아루의 이야기를 집중해서 들었다.

"그동안 하나에만 매몰되어 다른 것들은 미처 보지 못

하고 지냈다는 생각이 들어. 그렇게 지나치게 빨려 들어가 있다고 해서 무조건 실력이 느는 것도 아닌데 말이야. 오히려 막혀 있었던 것 같아. 같은 행위만 반복하니까 사고와 표현에도 제약이 생기는 거지. 도중에 쉬면서 주위를 환기하는 것도 필요했는데. 그러고 다시 내 자리로 돌아갔을 때 이렇게 새로 나를 채워 넣은 것들이 내가 더 성장하는 데 도움이 되겠지."

밀려왔다가 모래에 부딪혀 하얗게 부서지는 파도가 아름다웠다. 날이 어두워지고 더 이상 끝이 보이지 않는 검은 바다가 지빈을 에워싸고 있었다. 지빈이 더없이 행복한 한숨을 내쉬며 말했다.

"치아루, 너는 바다 같은 사람이야. 고요하게 잔잔해졌다가도 순식간에 파도를 치며, 원하는 대로 자유롭게 살아. 어디 한곳으로 흘러갈 필요 없이, 자유롭게!"

감탄고토

　어느 때와 같이 비가 퍼부어 내리는 날, 시상식이 끝나고 돌아오는 길에 치아루는 병원에 방문해서 그의 다리 상태를 검사받았다. 모니터 속 검진 기록을 몇 번이고 유심히 살펴보던 의사가 마침내 입을 열었다.

　"생존력이 대단한 몸이에요."

　의사가 연신 감탄하며 말했다.

　"그 상태로 대회를 넘긴 건 기적입니다. 무너져야 할 한계를 몸이 어떻게든 버텨낸 거예요."

　치아루는 그 말을 어떻게 받아들여야 할지 몰랐다. 치아루에게는 의사의 말이 꼭 그의 몸이 대회 중에 망가지기라도 했어야 한다는 것처럼 들렸다. 코치는 치아루와 함께 상담실을 나오며 당부했다.

"내년 세계 그랑프리에 출전하려면 1년 안에 근육을 완전히 회복하고 훈련도 해내야 해."

병원을 나와 메달을 집에 가져다놓을 새도 없이 습관처럼 수영장으로 향하며 치아루는 깊은 상념에 잠겼다. 서천 꽃밭에서 플라스틱을 구할 가능성은 더 이상 없었다. 그렇다면 여기서 질문. 치아루는 생존력이 강한 그의 속성을 믿고 물리치료를 병행하며 세계 그랑프리를 준비할 것인가. 그리고 고치바의 기약 없는 대기에 희망을 걸어볼 것인가. 물론 모든 것을 포기하는 선택지도 주어져 있었다.

치아루는 무의식적으로 걸음을 이어가며 또 다른 의문을 가졌다. 이 모든 것이 그만한 가치가 있을까? 처음으로 가져보는 의문이었다. 경기에서 우승하지 않았을 때도, 실력이 늘지 않았을 때도, 모두 그를 힘들게 했지만 문제 되지 않았다. 치아루는 생존력이 강한 사람이었으니까. 그런 일들은 치아루가 변화시킬 수 있는 것이었으니까.

그런데 이번에는 경우가 달랐다. 이번만큼은 그가 어떻게 할 수 있는 일이 아니었다. 그러므로 그 질문은 무의미했다. 그것이 가치가 있고 없고는 중요하지 않았다. 그렇다면 질문을 바꿔본다. 이것은 치아루가 선택하고 싶은 고통인가? 어떤 선택에도 각각의 아쉬움과 미련이 남을 거라면, 그 중에서 가장 감내할 만한 고통을 고르고 싶었다.

마음이 바뀌었다. 치아루는 수영장으로 향하던 발걸음을 돌려 고치바로 걸어가기 시작했다. 그날 유가람은 왜 하필 소각장으로 달려갔을까? 소각장이 위험한 곳이라는 것은 가람도 분명 알고 있었다. '뭔가를 간절히 원해본 적도 없잖아.' 이전에 가람에게 뱉었던 말이 치아루의 팔다리에 물살처럼 감기며 그를 아래로 잡아끌었다.

소각장으로 가는 길, 낡은 기와를 교체하던 공사장은 공사가 중단되어 텅 비어 있었고, 이전의 사고를 상기하듯 출입 통제 테이프와 표지판으로 가로막혀 폐쇄되어 있었다. 치아루는 고개를 들어 공사장 너머를 내다봤다. 서천꽃밭과 한옥들을 지나쳐 돌담 끝의 거대한 소각장에서는 여전히 잿빛 매연이 피어나고 있었다. 유가람은 무엇을 찾기 위해 저곳으로 향했을까. 치아루는 공사장을 피해 굽이굽이 돌담을 따라 빙 둘러 소각장으로 향했다.

치아루는 소각장에 들어가자마자 눈앞에 펼쳐지는 광경에 그 자리에서 그대로 굳어버렸다. 마치 어두운 동굴 안에 숨겨진 화려한 광산을 발견한 것 같았다. 소각장 안은 알록달록한 색깔의 쓰레기들이 쌓인 거대한 산더미들이 조명을 받아 반짝반짝 빛나고 있었고, 로봇들이 그 위에서 광부처럼 쓰레기들을 뒤적거리고 있었다. 그때 치아루의 뒤에서 누군가 그의 손에 있던 메달을 낚아챘다.

"분리수거를 제대로 해야지."

치아루가 고개를 돌리자 그의 뒤에 있던 로봇이 대롱대롱 기계손에 매달린 메달을 유심히 보며 중얼거렸다.

"이건 플라스틱이 아닌데."

치아루가 메달을 도로 빼앗으며 대꾸했다.

"버리려고 온 게 아니야."

"그럼?"

로봇의 물음에 치아루는 잠시 생각하다가 답변했다.

"버려진 것들이 어디로 가는지 보고 싶었어."

몸체 위 기다란 모자 모양의 금속으로 추정해봤을 때, 그 로봇은 소각장의 관리 감독 로봇이 분명했다. 로봇은 말 없이 날카롭고 곧은 스캐너로 치아루를 위아래로 훑는가 싶더니 몸체를 돌려 앞으로 나아가기 시작했다.

"보여줄게."

치아루는 멀어지는 로봇의 음성을 따라 걸음을 쫓았다. 그들은 다른 로봇들이 쓰레기를 뒤적이는 알록달록한 산더미들 사이로 걸어 들어갔다.

"이 구역은 분리수거장이야. 서천꽃밭에서 들여온 쓰레기들을 센서로 스캔한 다음 종류별로 분류해."

가장 앞에 있던 플라스틱 산더미를 지나치고, 유리와 캔 산더미들 사이를 지나오며, 로봇이 치아루에게 설명했다.

"어이, 외부인을 들였어?"

유리 산더미 위에서 작업하던 로봇이 치아루를 발견하고는 관리 감독 로봇에게 말했다. 관리 감독 로봇이 대답했다.

"희귀한 소재를 가지고 왔어. 버리지 않겠다고는 했지만 고민하는 것 같아."

"버리지 않는다니까."

치아루가 메달을 세게 쥐며 쏘아붙였지만, 로봇은 못들은 척 그를 데리고 분리수거장을 지나쳤다. 그들이 산더미들을 지나쳐 다다른 곳은 방금 지나온 곳과 전혀 다른 광경이었다.

"이 구역은 더 이상 가치가 없는 소재들을 처리하는 곳이야. 전부 소각한 뒤 매립하지."

로봇이 설명했다. 철로 된 기다란 레일이 거대한 용광로를 끼고 끝없이 돌고 있었다. 간간이 뜨거운 불씨와 재를 내뱉는 용광로가 레일 위의 쓰레기들을 집어삼켰다. 레일이 끝나는 지점인 황야 한가운데에는 거대한 구덩이가 텅 빈 무덤처럼 파여 있었다. 용광로를 거쳐 타들어간 채 나온 찌꺼기들이 구덩이 옆에 쌓이면, 굴착기가 그 찌꺼기들을 구덩이 안으로 마구 쏟아붓고 있었다.

"이게 무엇인가. 보기 드문 소재를 가지고 왔군?"

굴착기의 움직임을 지시하던 로봇 하나가 그들 사이로 불쑥 튀어나와, 치아루가 들고 있는 메달을 들여다보고는 속닥거렸다. 로봇이 휙 스캐너를 올려 치아루를 마주하고 킥킥거렸다.

"이것도 못 보던 소재인데?"

로봇이 금속 팔을 뻗어 치아루를 더듬거렸다.

"어서 와. 여기는 인류의 쓰레기가 폐기되는 무덤. 우리는 가리는 것이 없지."

로봇이 치아루의 턱을 확 움켜잡아 거대한 매립지 방향으로 잡아끌며 속삭였다. 로봇의 딱딱한 금속 사이로 치아루의 턱뼈가 곧 비틀어질 것 같았다. 그때 관리 감독 로봇의 냉철한 음성이 상황을 중재했다.

"그만해. 여기에 볼일이 있어 온 게 아니야. 가서 하던 일 계속해."

쳇, 아쉬워하는 음성과 함께 치아루를 움켜쥐고 있던

로봇의 금속 손아귀가 풀렸다. 로봇은 순식간에 몸체를 돌려 다시 굴착기들 사이로 유유히 돌아갔다.

"따라와."

관리 감독 로봇이 치아루에게 말하며 거대한 매립지를 지나쳤다. 매립지를 완전히 벗어나자, 이번에는 트럭들이 들어오고 빠져나가는 아스팔트 주차장 같은 곳이 펼쳐졌다. 치아루는 고치바를 떠나는 트럭들의 뒤에 쓰레기가 한가득 실려 있는 것을 발견했다.

"이곳은 재활용이 되는 소재들을 처리하는 곳이야. 이렇게 각기 다른 곳으로 보내면 완전히 다른 형태로 변해 이곳으로 돌아오는 거지. 예를 들어 저기 저 트럭에 실린 가방끈은 버려진 콜라 병으로 만들어진 거야."

관리 감독 로봇이 설명했다. 그때 트럭 한 대를 막 떠나보낸 로봇 하나가 치아루에게 다가와 그가 들고 있는 메달을 가리켰다.

"어이, 이걸 버리러 온 모양이지?"

"아직 아니야."

관리 감독 로봇이 대답했다. 그러자 로봇은 실망한 눈초리로 트럭이 있는 곳으로 돌아갔다. 관리 감독 로봇이 치아루에게 말했다.

"네가 들고 있는 것도 여기에 있는 것들과 마찬가지야. 버리면 언젠가 너에게 다시 돌아올 거야. 다른 형태로 바뀌어서 말이야."

"다른 형태로?"

치아루가 물었다.

"그래. 정말 버리지 않을 거야?"

치아루는 잠시 생각했다.

"모르겠어."

치아루는 낯설고 어색한 기분이었다. 그런 말을 처음 해보는 것 같았다.

"그럼 확신이 들었을 때, 여기를 기억해."

관리 감독 로봇이 말했다.

"알았어."

치아루가 고개를 끄덕였다.

"고마웠어. 그만 돌아갈게."

치아루는 소각장을 나오며, 고치바로 오는 길에 가졌던 의문에 대한 답변을 이어나갔다.

이것은 치아루가 선택하고 싶은 고통인가? 질문을 던지자 명확하게 답이 떨어졌다. 그것은 결코 그가 선택하고 싶은 고통이 아니었다. 치아루는 생존력이 강한 사람이었다. 그는 어떤 상황에서도 스스로 행복을 찾을 줄 아는 강한 사람이었다. 그러니까 치아루는 지금 그가 품고 있는 꿈을 포기해도 결국에는 행복할 수 있는 또 다른 방법을 모색할 것이다. 그것을 포기하는 것이, 오히려 자신을 위한 선택일 수도 있겠다는 생각이 들었다.

오래전에는 이런 질문을 던지는 것도 상상할 수 없었다. 그런데 며칠 전부터는 스스로도 확신할 수 없을 만큼 오락가락 마음이 하루에도 수차례씩 뒤집혔다. 더 이상 못 해먹겠다는 생각이 불쑥 치밀어 오르다가도, 이제 와서 포기하느니 무슨 수를 써서라도 플라스틱 다리를 가지고 말겠다고 마음을 다잡기도 했다. 하지만 지금 이 순간, 소각장을 나와 수영장으로 걸어가면서, 치아루는 손에 쥔 메달을 위해 이전의 과정을 재현하느니 차라리 모든 것을 그만두겠다는 생각을 하고 있었다.

일주일이 지나면 지금보다 더 무뎌져 있을 테고, 그다음 일주일이 지나면 그보다 더, 또 한 달이 지나면 더 무뎌져 있겠지. 치아루는 생존력이 강한 사람이니까 스스로 금방 괜찮아질 것이라고 여겼다. 지금은 무용을 그만둘지도 모른다는 가능성을 떠올리기만 해도 가슴이 무너져 내릴 것 같지만, 언젠가 '뭐… 마음은 좀 허하겠지만 그 정도야' 하고 중얼거리는 날이 오지 않을까. 치아루는 그제야 유가람의 마음을 이해할 수 있을 것 같았다. 감탄고토, 달면 삼키고 쓰면 뱉는다는 뜻이다. 치아루는 입안에서 쓰게 변질되어가는 이 오랜 단맛을 뱉어낼 때가 다가오고 있음을 예감했다.

밀렵꾼

지빈은 TF 회의에 참석하기 위해 사랑채로 향했다. 그녀는 서천꽃밭에 길게 늘어선 줄을 지나쳐 갔다.

"안녕하세요."

지빈이 회의실에 들어서며 먼저 와 있던 사람들에게 인사했다.

"오늘따라 서천꽃밭 방문객이 많네요."

창호지를 통해 뒷마당 너머 서천꽃밭 문 앞에 길게 늘어선 줄을 쳐다보며 지빈이 말했다.

"사내 공지 메일을 못 봤구나. 내일이 서천꽃밭 마지막 개방일이야."

"서천꽃밭을 닫는다고요?"

"회사가 새로운 산업에 진입하게 되었잖아. 그만큼 서천꽃밭에 버려지는 시제품과 불량품도 많아질 텐데, 보안을 유지하기가 어렵다고 판단했나봐. 그리고 성형 외의 산업은 사람들에게 마케팅이 필요하지 않으니까."

팀장이 서천꽃밭 폐쇄에 관해 이야기하는 동안 모든 팀원이 사랑채에 도착했다. 서천꽃밭에 관한 대화는 그대로 끊긴 채 회의가 시작되었다.

PHA 포장지 개발에 참여할 컴파운드 회사들의 자료를 검토하던 중, 누군가 회의실의 문을 두드렸다. 들어오라는 팀장의 대답과 함께 문을 열고 들어온 로봇이 뜻밖의 소식을 알렸다.

"대장금 님께서 TF 전체를 CEO실로 소집하셨습니다."

"지금?"

팀장이 당혹스럽다는 듯이 물었다.

"지금요."

로봇이 대답했다. 팀장이 한숨을 쉬며 손으로 얼굴을 쓸어내려 마른세수를 했다.

"결재 올린 품의서에 불만이 있으신가보군."

팀장이 중얼거리더니 눈치를 살피고 있는 팀원들을 향해 고갯짓을 했다.

"뭐 하고 있어. CEO실로 가자."

그가 신음하듯 말했다.

지빈은 입사 후에 CEO실에 들어가기는커녕 CEO를 본 적도 없었다. 두려움과 긴장감에 그림자 가득한 표정들 속에서 오직 지빈만 호기심에 눈을 말똥말똥 빛내고 있었다. 그들은 마당을 가로질러 안채로 들어가 CEO실로 향했다. 또 다른 로봇이 문 앞에서 그들을 기다리고 있었다. TF를 발견한 로봇이 말했다.

"대장금 님, TF가 도착했습니다."

문 너머에서 쨍그랑 무언가 깨지는 소리가 들려왔다. 와그작와그작, 요란한 소음이 끊이지 않더니 별안간 둔탁한 소리와 함께 방 안이 조용해졌다.

"들어오라 그래."

차분한 목소리가 매끄럽게 들려왔다. 팀원들은 마루 아래에 신발을 벗어놓고서 창호지 문을 열어젖혀 방 안으로 조심스럽게 들어갔다. 지빈도 그들을 따라 문지방을 넘었다.

소음을 듣고 예상한 것과 달리 CEO실은 쾌적하게 정돈되어 있었다. 천장까지 층층이 쌓아 올린 나무 선반들 위

로 그릇, 각종 향신료와 재료가 요리 도구들과 함께 가지런
하게 보관되어 있었다. 선반 사이사이와 천장 위로 새끼줄
에 묶인 채 주렁주렁 매달린 메주, 광주리와 보자기 위로 누
룩과 고추가 보였다.

가장자리에는 화려하고 강렬한 색깔의 병풍과 원목 좌
식 탁상 사이로 표정이 차갑게 굳은 여성이 꼿꼿하게 앉아
있었다. 대장금의 얼굴을 확인한 지빈은 애써 놀라움을 감
췄다. 이전에 본 적이 있는 얼굴이었다. 그제야 지빈은 서천
꽃밭에서 도망친 날, 곳간에서 마주쳤던 그녀가 왜 목에 사
원증을 걸고 있지 않았는지 알 수 있었다.

"대장금 님, 안녕하세요. 저희를 부르셨다고요."

팀장을 선두로 팀원들은 대장금이 앉아 있는 좌식 탁상
앞 기다란 사각형 탁상에 빙 둘러앉았다. 대장금으로부터
가장 멀리 떨어진 자리에 앉은 지빈은 고개를 내밀어 상황
을 살폈다. 대장금의 좌식 탁상에는 결재 서류들이 쌓여 있
었다. 그리고 그 옆에는 조금 전에 깨뜨린 것으로 추정되는
찻잔의 파편들이 널브러져 있었다. 그때부터 지빈은 다른
팀원들과 마찬가지로 긴장해 대장금의 눈치를 살폈다.

대장금은 날카로운 눈을 굴려 줄줄이 앉아 있는 팀원들
을 둘러봤다. 그녀의 눈빛이 자신의 얼굴을 스치는 순간 지

빈은 긴장했다. 그러나 대장금은 지빈을 기억하지 못하는 눈치였다. 대장금은 표정 변화 없이 빔 프로젝터를 향해 리모컨을 눌렀다. 하얀 벽면에 TF에서 신규 고객사와의 거래를 위해 작성한 계약서 샘플이 띄워졌다. 지빈은 계약서 조항을 세우고 검토하는 일에는 참여하지 않았다. 지빈은 재빨리 팀장과 팀원들의 얼굴을 살폈다. 그들의 얼굴이 빳빳하게 굳어 있었다. 대장금이 입을 열었다.

"계약서를 다시 읽어봐."

목소리가 차가웠다. 모두 의기소침하게 화면을 쳐다봤다. 아무 말도 하지 못하자 그녀가 미세한 고갯짓으로 앞에 앉아 있는 팀원을 지목했다.

"맨 앞부터. 차례차례."

어느새 그들은 탁상에 둘러앉은 차례대로 한 항목씩 돌아가며 계약서를 소리 내서 읽고 있었다. 지빈 역시 차례가 왔을 때 이 불편한 낭독회에 가담했다. 지빈의 차례가 끝나고 다음 사람이 계약서를 읽으려고 할 때 서늘한 목소리가 나지막이 흘러나왔다.

"그만."

모두 일제히 대장금을 바라봤다. 그녀가 이마를 짚으며 절망적이라는 듯이 중얼거렸다.

"여기까지 읽었는데도 이상한 점이 안 보인다고?"

대장금이 예리한 눈길을 지빈에게 돌리며 날카롭게 물었다.

"직접 읽어봤는데도 모르겠나?"

지빈이 곧바로 대답하지 못하고 눈치를 살피자 팀장이 고개를 끄덕이며 말했다.

"우리 눈치 보지 말고 편하게 얘기해."

그제야 지빈은 대장금을 바라보며 입을 열었다.

"납품 완료 후 고객사가 대금을 7일 이내에 지급한다는 조항이 문제가 될 수도 있을 것 같습니다."

모두의 시선이 지빈에게 쏠렸다. 대장금은 아무 말도 하지 않고 지빈을 바라봤다. 지빈이 계속해서 설명했다.

"납품 완료의 정의를 명확히 기술해야 할 것 같아요. 납품 완료가 고객사가 물품을 인도받은 시점인지, 아니면 품질 검사 확인서를 작성한 시점인지를 분명히 해야 할 것 같습니다."

선금 지급 방식으로 진행하는 성형 보형물 산업과 다르게, 포장지 산업은 후불 지급 방식으로 진행되기 때문에 계약서에서 놓친 부분이었다.

지빈이 대답을 마치고 대장금의 반응을 살폈다. 그녀는

등받이에 편안히 기대고 앉아 새로운 찻잔에 차를 따르며 고개를 끄덕거리고 있었다.

"옳지."

대장금이 화가 누그러진 목소리로 맞장구를 치고는 팀장을 바라보며 쏘아붙였다.

"이런 계약서를 작성해놓고 품의를 올리면, 내가 결재해줄 줄 알았어?"

"죄송합니다. 시정하겠습니다."

팀장이 할 수 있는 대답은 그뿐이었다. 다행히 회의는 점심시간이 되기 직전에 종료되었다. CEO실을 나오고 구내식당으로 향하는 팀원들과 달리 지빈은 전날의 숙취로 속이 안 좋아 식사를 거르기로 했다. 햇살이 따사로이 내리쬐며 잎사귀와 꽃들이 반짝거렸다. 지빈은 사원들이 점심을 먹으러 가고 텅 빈 뒷마당을 돌며 느긋하게 산책을 즐겼다.

높다랗게 기와를 쌓아 올린 안채 건물의 뒤편에서 별안간 카랑카랑한 외침이 들려왔다. 지빈은 목소리가 들려오는 쪽으로 걸어가 건물 너머로 고개를 내밀었다. 로봇들이 담 아래에서 바쁘게 움직이고 있었고, 로봇들을 지휘하는 것은 대장금이었다.

"왼쪽으로. 아니, 그건 따지 마. 저 구석에도 있잖아!"

날카롭게 꽂히는 대장금의 지시를 들으며, 지빈은 그들이 대체 무엇을 하는지 자세히 관찰했다. 대장금은 로봇들로 하여금 담 아래에 열매를 맺은 토마토를 수확하도록 하고 있었다. 지빈을 발견한 대장금이 소리를 지르다 말고 말을 걸었다.

"아, 박지빈 양. 자네는 배가 고프지 않나보군?"

지빈이 마지못해 건물 뒤편에서 나와 대장금에게 다가가자 그녀가 싱긋 웃었다.

"곧 장마가 시작될 거야. 그 전에 익은 것들을 따놔야 해. 토마토는 비에 약해서 계속해서 비가 내리면 성장점이 갈색으로 변하고 시들어버리지."

"곧 장마가 올지 어떻게 아세요? 일기예보에서 장마를 예고한 지 한참이 지났지만 비는 오지 않았는걸요."

지빈이 묻자 대장금이 고갯짓으로 담 아래를 가리켰다. 고개를 돌리자 토마토 곁에 초록 잎사귀들 사이에서 피어난 하얀 꽃이 눈에 띄었다.

"치자나무에 첫 꽃이 피면 장마가 시작돼. 여기를 봐. 벌써 꽃이 피기 시작했잖아."

지빈은 미심쩍은 눈길로 하늘을 봤다. 태양이 타오르는 하늘은 더없이 맑고 푸르렀다. 장마가 올 조짐은 보이지 않았다. 그러나 대장금의 관심은 더 이상 토마토와 장마 따위에 그쳐 있지 않았다.

"자네가 이번 TF의 막내라고 들었어. 맞나?"

"네, 그렇습니다."

지빈이 대답했다. 대장금은 지빈의 사원증을 흘긋 보더니 콧바람을 불었다.

"보통 신입에게는 TF를 시키지 않는데, 어쩌다 이 일을 하게 되었나?"

"제가 하고 싶다고 했어요."

지빈이 대답했다.

"지금은 포장지로 시작하지만 이걸 기반으로 사업 분야를 확대하고 싶어요. 지금 저희 사업은 성형 산업에 지나치게 의존하고 있으니까요. 수요가 많은 포장지 산업에 진입해 성형 이외 산업의 수익 비중을 높이면, 생체 의학 같은 다른 분야의 파이프라인을 뚫는 시도도 점점 가능해질 거라 생각해요."

대장금은 지빈이 말하는 와중에도 로봇들이 딴 토마토를 바구니에 나눠 담는 것을 손짓으로 지휘하고 있었다. 그녀는 로봇들이 가득 찬 바구니를 곳간으로 가져가도록 명령했다. 대장금은 익은 열매를 모두 따고 초록색 열매만 남은 토마토 줄기를 흡족하게 둘러봤다. 다 익은 토마토는 로봇들이 모두 곳간으로 옮긴 뒤였다. 대장금은 지빈의 말을 듣지 않은 듯, 고개를 획 젖혀 그녀를 돌아보며 물었다.

"지빈 씨, 배가 고프지 않나?"

지빈은 대장금을 따라 곳간으로 향했다. 거대한 나무문을 열고 들어간 곳간 안은 지빈이 기억하는 모습 그대로였다. 넓은 벽은 나무 선반으로 둘러싸여 있었고, 선반 위는 거대한 장독들과 음식들이 빈틈없이 채워져 있었다. 곳간을 풍성하게 채운 음식들 중에서도 지빈의 눈을 잡아끈 것은 지빈의 키의 두 배는 되어 보이는 층까지 선반 가득히 놓인 거대한 장독들이었다.

"장독이 정말 많네요. 이걸 다 직접 담그신 거예요?"

지빈이 감탄하며 물었다. 대장금은 로봇이 가져다놓은 바구니에서 토마토를 하나 꺼내더니 한 입 거칠게 베어 물었다. 새빨간 껍질 속의 과즙이 뚝뚝 떨어졌다. 그녀는 토마토 하나를 더 꺼내 지빈에게 던져주며 말했다.

"아니, 사원들이 승진을 하거나 성과를 올릴 때마다 불러서 하나씩 담그게 하지."

장독들을 하나하나 자세히 보자 뚜껑마다 각기 다른 이

름이 쓰여 있는 것이 눈에 들어왔다. 대장금은 손끝으로 장독 뚜껑들을 쓰다듬으며 말했다.

"자신만의 장독을 갖는다는 건 독립의 선언이거든. 내가 처음 장독을 채운 건 결혼식을 올렸을 때였지."

여러 개의 장독을 지나치던 손가락이 한곳에 멈춰 빙빙 돌았다. 다른 것들보다 유독 거대한 크기와 높이의 장독이 바위처럼 서 있었다.

"그런데 내가 가장 아끼는 장독은 말이야, 내가 이혼하고 담갔던 것이야."

대장금이 킬킬거리며 말했다.

"전남편이 가세를 말아먹고 빚더미에 앉았을 때는 모든 게 끝난 줄 알았지. 그런데 돌이킬 수 있는 순간은 오더라고. 그런 순간이 왔을 때 놓치지 않고 확!"

그녀가 허공을 할퀴듯이 손을 들어올렸다.

"낚아채기만 하면 되는 거야."

대장금이 속삭였다.

"이번 사업 미팅을 잘 해결하고 와, 지빈 씨. 망할 거라 장담했어도 혹시 모르지. 자네가 바라는 그런 일을 스스로 만들 수도 있지 않겠나?"

지빈은 고개를 끄덕이며 토마토를 한 입 베어 물었다.

214

치자나무에 첫 꽃이 필 때 딴 토마토의 단단한 껍질을 베어물자 부드러운 과육과 상큼한 과즙이 톡 터져 나왔다. 지빈은 생각했다. 치자나무에 첫 꽃이 피면 정말로 비가 내릴까. 치자나무에 첫 꽃이 피면 내릴지도 모르는 그 비는 또다시 그해 여름을 연상시킬까. 그해 여름, 수확 시기를 놓친 토마토들은 정말로 빗속에서 모두 시들어버렸을까. 치자나무에 첫 꽃이 피면, 시들어버린 것들을 돌이킬 수 있는 순간이 오지는 않을까….

다음 날 아침에 일어났을 때는 밤새도록 퍼부어 내린 비가 끊이지 않고 있었다. 예기치 못한 폭우로 회사에서는 재택근무를 시행한다는 공지가 내려왔지만, 미팅이 잡혀 있는 지빈은 회사로 출근하는 수밖에 없었다.

행랑채에서는 함께 미팅을 갈 TF 선배들이 지빈을 기다리고 있었다. 지빈은 필요한 자료와 기기를 챙겨 사무실을 나왔다. 선배 한 명이 하늘을 올려다보며 중얼거렸다.

"하필 미팅 날 재수도 없군."

미팅이 끝나고 선배들은 조기 퇴근을 했고, 지빈은 회의록을 업로드하기 위해 집으로 돌아가는 길에 고치바를 들렀다. 강한 비바람에 맞서 방패 삼던 우산은 지빈이 고치바에 도착했을 즈음 수명을 다했는지 꺾여서 제대로 접히지 않았다.

행랑채에서 회의록을 업로드하고 나온 지빈은 멀쩡한 우산을 찾기 위해 방앗간에서 탐색 로봇을 대여해 서천꽃밭에 들렀다. 마지막 개방일임에도 불구하고 악천후로 인해 아무도 찾지 않은 서천꽃밭은 고요했다. 탐색 로봇을 따라 산더미 가까이 발걸음을 옮기는데 잔잔한 빗소리 위로 발소리가 희미하게 들려왔다.

지빈이 숨죽인 채 귀를 기울이자 소리가 다시 들려왔다. 촉이 발동했다. 지빈은 정찰 로봇의 조종기를 챙겨 들고 소음이 들려오는 곳으로 조용히 발걸음을 옮겼다. 회사가 새로운 산업으로 진입하는 과도기에 있는 만큼, 기술이 유출되지 않게 보안을 유지하는 것이 중요했다. 지빈은 조종기를 들어 올린 채 잡동사니가 쌓여 있는 산모퉁이를 소리 없이 돌았다. 그리고 잡동사니 너머로 마침내 발소리의 범인이 모습을 드러냈다.

"치아루?"

지빈이 어이없다는 목소리로 중얼거렸다. 자신의 이름을 부르는 목소리에 고개를 돌린 치아루는 아무렇지 않게 우산을 흔들어 보이며 잡동사니 사이를 빠져나왔다.

"그냥, 우산 좀 찾으러 왔어."

치아루가 무미건조하게 대답했다.

"버릴 것도 있었고."

치아루가 서 있던 자리 아래에는 낯익은 메달이 반짝거리고 있었다. 지빈은 뭐라고 말을 덧붙이는 대신, 치아루와 함께 서천꽃밭의 쪽문으로 향했다. 그들은 쏟아지는 빗소리를 들으며 걸음을 맞췄다.

"미팅은 잘했어?"

"아니. 완전히 새 됐어."

지빈이 한숨을 쉬며 대답했다.

"이번 월말 평가에서 처음 B를 받을지도 몰라."

지빈이 투덜거렸다. 아무렇지 않은 척 대화를 이어가고 있었지만, 서천꽃밭을 치아루와 함께 오랜만에 마지막으로 걷고 있자니 기분이 이상해 왜인지 발걸음을 빠르게 움직일 수 없었다. 치아루도 같은 기분이었는지 더 이상 아무 말도 하지 않았다. 그들이 침묵 속에서 잡동사니 산더미를 빠져나와 문 앞에 다다르는 순간, 바스락거리는 소음이 멀찍이 떨어진 곳에서 들려왔다. 지빈은 다시 조종기를 들어올렸다.

그들은 소음이 들려오는 곳까지 소리 없이 다가갔다.

지빈은 고개를 기울여 시야를 가리는 잡동사니 너머를 확인했다. 잡동사니 사이로 물건을 아무렇게나 툭툭 건드리고 다니는 뒷모습이 시야에 들어왔다.

그의 손에는 우산도 아무것도 없었다. 지빈은 아직 조종기를 그에게 겨냥하지 않았다. 우산을 찾으러 들른 방문객인지, 아무도 없는 틈을 타 플라스틱을 훔치려는 밀렵꾼인지 지금은 확신할 수 없었다.

그때 잡동사니를 뒤적거리던 그가 산더미에 있던 우산을 등 뒤로 던졌다. 얼마 전에 잠깐 내린 비처럼 금방 그칠 소나기라고 생각하는 것일까. 지빈은 살며시 조종기를 들어올렸다. 하나 분명해진 것은 그가 우산을 찾으러 온 것은 아니라는 거였다.

지빈이 조종기를 누르려는 찰나에 요란하게 신호음이 울렸다. 그가 던져버린 우산을 감지한 탐색 로봇이 알림을 보낸 것이다. 갑작스러운 소음에 밀렵꾼이 고개를 돌렸다. 바닥에 나동그라진 우산을 물끄러미 내려다보는 그에게 지빈은 넌지시 말했다.

"장마래요."

지빈의 목소리에 밀렵꾼이 천천히 뒤를 돌아봤다. 정적 속에서는 빗소리만 어렴풋하게 울려 퍼졌다. 지빈의 얼굴을

218

마주한 밀렵꾼의 입가에 미소가 씨익 지어졌다. 그 익숙한 얼굴에 조종기를 겨누고 있던 지빈의 팔이 서서히 내려갔다. 그가 지빈을 마주 보며 마침내 입을 열었다.

"드디어, 여름인가봅니다."

강에 핀 버들

모든 것이 잠겨버릴 것처럼 끊이지 않던 비가 지구의 표면에서 찰랑거리던 그해 여름, 유가람은 그가 사랑하는 것들은 소멸하는 속성을 가진 것만 같다는 생각을 했다. 유가람. 강에 핀 버들이라는 본명의 의미를 한국어로 옮긴 이름이다. 햇빛을 향해 뻗어나가는 다른 풀들과 달리 고개를 수그리고 강을 향한다는 그 이름이 그는 처음에는 마음에 들지 않았다. 그리고 그 이름은 저주가 되어 의미대로 살아지는 듯했다.

어릴 적 가람이 살던 곳은 육로보다 수로가 더 많은 작은 섬마을이었다. 섬에는 좁은 수로들이 미로처럼 얽혀 있었고, 학교에 가려면 나룻배를 타고 노를 저어 수로를 지나

가야 했다.

　가람은 학교를 가다가도 나룻배의 노선을 틀어 바다로 나가고는 했다. 바다에 나가면 섬에서 멀리 떨어지지 않은 곳에 난파된 작은 배를 구경할 수 있었다. 오래전에 난파된 배는 산호초에 걸려 더 이상 물속 깊이 잠기지 않은 채 가람의 놀이터가 되어줬다.

　"너 또 학교에 안 가고 여기 있어?"

　가람이 여느 때처럼 난파된 배에 버려진 잔과 접시, 포스터 따위를 구경하고 있을 때, 익숙한 목소리가 들려왔다. 목소리가 들리는 방향으로 고개를 돌리니 난파된 배 건너편에서 가람이 타고 있는 나룻배를 향해 다가오는 또 다른 나룻배가 있었다. 가람에게 다가오며 물 위를 둥실둥실 떠다니는 플라스틱 병을 건지는 그는 날마다 바다로 밀려드는 쓰레기들을 트럭에 실어 수거하는 청소부였다.

　"쓰레기는 어디로 가져가요?"

　가람이 해변에 정차되어 있는 청소부의 트럭을 보며 물었다. 청소부가 검지로 섬 위를 가리키며 대답했다.

　"저 언덕을 올라가면 언덕 꼭대기, 섬에서 가장 높은 지점이 있어. 그곳에 바다 건너편에서 밀려온 쓰레기들을 모두 모아놔."

청소부는 가람을 돌아보며 그에게 손짓했다.

"이리 오렴. 학교에 데려다줄 테니."

가람은 하는 수 없이 청소부의 배를 향해 나룻배의 방향을 돌렸다.

"학교 공부는 열심히 하고 있는 거니?"

노를 저어 다가오는 가람을 들어 올려 자신의 나룻배에 태우며 청소부가 물었다. 그리고 늘 신고 다니는 밧줄로 느슨한 거리를 두고 가람의 배를 꽁꽁 동여맸다.

"그럼요, 이래 봬도 숙제는 빼먹은 적이 거의 없는걸요."

가람이 자랑스럽게 말했다.

"외국어는 뭘 골랐어?"

청소부가 물었다. 학교에서는 아이들에게 외국의 모습을 보여줬고, 아이들은 마음에 드는 곳을 선택해 그 나라의 언어를 영어와 함께 배워야 했다. 가람이 난파된 배를 가리키며 대답했다. 출렁이는 물결이 닿지 못하는 배 외관에는 섬에서 사용하지 않는 글자가 적혀 있었다.

"저 글자와 똑같은 글자가 보여서, 그걸 골랐어요."

"마음에 드는 나라를 기준으로 골라야지. 나중에 네가 살아갈 수 있을 것 같은 곳의 언어를 말이야."

청소부의 말에 가람은 눈을 동그랗게 뜨고 말했다.

"왜요? 저는 지금 이곳에 살고 있는데요."

가람의 말에 청소부는 아무 말도 하지 않았다.

학교가 끝나고 가람은 다른 아이들과 함께 바다에 나가 수영을 하거나 낚시를 하며 놀았다. 그러다 저녁이 되면 섬 안의 수십 개의 수로는 낚시를 끝내고 집으로 돌아가는 나룻배들의 등불로 환하게 물들었다.

섬에는 낚시를 끝내고 돌아오는 길에 같은 배에 타고 있는 사람 중 노를 움직이지 않는 사람이 노 젓는 사람을 위해 노래나 이야기를 지어 들려주는 문화가 있었다. 그래서 해가 수평선 너머로 넘어가며 하늘이 복숭앗빛으로 물들어 가는 즈음이면 흥얼거리는 노랫소리가 수로를 따라 섬 전체에 은은하게 울려 퍼졌다.

가람은 나룻배들의 노란 불빛에 물드는 수로 위에서 노래 부르는 것을 좋아했다. 친구들과 낚시를 끝내고 돌아올 때마다 그는 자신이 지은 시를 노래했고, 친구들은 행복한 웃음을 띠고 가람의 노래를 들었다. 그 웃음들을 마주할 때마다 가람은 노란 불빛이 별처럼 흘러가는 물 위에서 영원히 노래를 부르는 시인이 되고 싶다고 소망했다.

어느 날 난파된 배 위에서 친구들과 놀이를 하고 있던

가람은 나룻배를 타고 바다로 나오는 청소부를 발견했다. 가람이 반가운 마음에 청소부를 부르며 다가가자, 그가 미소를 지으며 가람에게 물었다.

"낚시를 가는 중이었어. 같이 갈래?"

가람은 청소부와 함께 낚시를 하고 돌아오는 길에, 노를 젓는 그에게 자신이 지은 시를 노래해줬다. 따뜻한 미소로 가람의 노래를 듣고 있던 청소부가 말했다.

"네가 대단한 시인이라고 많이 들어왔어. 소문이 거짓말이 아니었구나."

"평생 시를 쓰며 친구들에게 노래를 들려주며 살고 싶어요."

가람이 활기차게 말했다. 청소부는 가람을 육지 위에 내려주며 고개를 끄덕였다.

"계속해서 시를 노래해. 네가 누구인지를 기억하는 것이 중요해. 그렇지 않으면 먼 옛날부터 지금까지의 시간은 모두 사라지고 마는 거야."

그때 가람은 청소부가 무슨 말을 하는지 제대로 알아듣지 못했다.

시간이 지나 가람이 드디어 난파된 배의 글자를 읽을

수 있게 되었을 즈음, 바닷가에는 콘크리트 제방이 설치되었다. 가람은 해변과 바다 사이를 막는 그 회색빛 장벽이 마음에 들지 않았다. 낚시를 하려면 콘크리트 제방을 피해 나룻배를 이끌고 수로를 빙 돌아 바다로 나가야 했다.

어느 날 해변에서 트럭에 올라타는 청소부를 발견한 가람은 모래사장을 가로질러 그에게 달려갔다. 그리고 바다와 해변을 가로막은 콘크리트 장벽을 치워달라고 사정했다.

"바다를 막고 있는 저 흉측한 벽을 다른 쓰레기들과 함께 트럭에 실어 가주세요."

그러나 청소부는 고개를 저었다.

"해수면이 상승하면서 토양침식이 심해지고 있어. 콘크리트 제방은 섬의 수몰을 늦출 수 있을까 해서 지은 거야."

"무엇을 늦춰요?"

그날따라 청소부는 가람이 알아들을 수 없는 말들만 늘어놓고 있었다. 청소부는 말없이 가람을 한동안 바라봤다. 청소부가 트럭에서 내리며 가람에게 말했다.

"함께 가야 할 데가 있어."

청소부는 가람을 자신의 나룻배에 태워 바다로 나갔다. 청소부는 한참이나 아무 설명 없이 노를 저었다.

"어딜 가는 거예요?"

가람의 끈질긴 물음에도 묵묵히 노를 움직이던 청소부는 이윽고 배를 멈추고 가람을 마주 봤다. 그가 나룻배 밖으로 손을 뻗어 바다 아래를 손가락으로 가리키며 말했다.

"지금 이 아래에는 배가 있어. 네가 매일 노는 그 배보다 훨씬 오래전에 난파된 배야. 지금은 바닷속에 잠겨 있어 볼 수 없어."

가람은 청소부의 손가락을 따라 나룻배 아래 바다를 내려다봤다. 아무리 빤히 들여다봐도, 새파란 바다 아래에는 아무것도 보이지 않았다.

"다른 것들도 마찬가지야. 네가 매일 놀러 가는 그 배도 언젠가는 잠기게 될 거야. 네가 불평하는 콘크리트 제방도, 우리의 집도, 이 섬도, 시간이 지나면서 모조리 잠길 테지. 물이 우리 섬을 야금야금 갉아먹고 있어."

청소부가 가람을 보며 물었다.

"이제 그 배의 글자를 읽을 수 있니?"

가람이 고개를 끄덕이자 청소부가 희미하게 웃었다.

"이제는 학교 수업을 빼먹지 않나보구나."

그러나 청소부의 칭찬에도 가람은 우쭐거릴 수 없었다. 아무 반응도 없는 가람을 보며 청소부는 계속해서 말했다.

"너는 머지않은 미래에 그 언어를 사용하는 곳으로 이

주하게 될 거야."

청소부는 분위기를 밝게 전환하려는 시도로 다시 희미한 미소를 지으며 말했다. 마치 그가 방금 내뱉은 말이 당연하게 일어나는 별것 아닌 일인 양 태연하게 굴었다.

"그러니까 학교에서 가르치는 걸 열심히 공부해야 해. 알았지? 모두 너에게 언젠가 도움이 될 것들이야."

그러나 가람은 순순히 대답할 수 없었다. 청소부의 말은 어른들의 흔한 잔소리를 훨씬 넘어선 의미를 전달하고 있었다. 가람이 물었다.

"물에 잠겨 사라진다고요? 그리고 우리는 영영 흩어진다고요?"

가람은 그저 웃어 넘겼다.

"설마요."

계절이 지나도 바뀐 것은 많지 않았다. 가람은 여전히 학교에 가며 공부를 했고, 난파된 배에서 친구들과 놀이를 하기도 했다. 난파된 배에서 선장과 포로 놀이를 하며, 선장이 자신을 찾지 못하게 배에 달라붙어 숨어 있던 가람은 곧 자신이 기대고 있는 배 윗면에 보이던 글자가 보이지 않는다는 사실을 알아차렸다. 이상한 일이었다. 가람은 고개를 숙여 어깨에서 출렁거리던 차가운 바닷물 속으로 잠수했다. 숨을 참고 눈을 뜬 물속에서 일렁이는 물결 사이로 익숙한 글자를 발견하며 가람은 청소부의 말이 맞았음을 알았다.

가람은 청소부를 찾기 위해 그가 쓰레기들을 수거해 가는 언덕 위를 올랐다. 처음 올라보는 언덕은 섬의 다른 곳들과 다르게 인적이 드물고 황량하기까지 했다. 가람은 올라갈수록 더욱 강하게 코를 찔러오는 악취로 자신이 맞는 길을 가고 있다는 걸 알았다. 가람이 언덕 위를 다 올랐을 때 청소부는 아직 보이지 않았다. 가람은 대신 다른 것을 마주했다.

언덕의 꼭대기, 섬의 가장 높은 지점에는 바다 건너에서 밀려든 현대 문명의 찌꺼기들이 산더미처럼 쌓여 있었다. 버려진 쓰레기들이 바다로 떠내려가 밀리고 밀려 대륙과 동떨어진 바다 한가운데 이곳에 다다르는 것이었다. 그리고 더 이상 어딘가로 흘러가지 않는 채, 영원히 이곳에 고여 고약한 냄새를 풍기는 것이었다. 사라지지 않는 그 냄새가 이곳이 더 이상 갈 수 없는 세상의 끝이라는 걸 암시하는 듯했다.

산더미를 바라보고 있으니 가람은 청소부가 그토록 확신할 수 있었던 이유를 알 것 같았다. 청소부의 말대로 언젠가 가람은 그 찌꺼기들이 밀려오기 시작한 곳으로 거슬러

갈 것이다.

그때 트럭 한 대가 언덕으로 올라왔다. 가람은 청소부를 예상했지만 차창 너머로 보이는 운전자는 못 보던 얼굴이었다. 연거푸 다른 트럭들도 언덕으로 올라왔다. 처음 보는 사람들이 트럭에서 내려 짐칸에 있던 산더미 같은 쓰레기들을 쓰레기장에 쏟아냈다. 그 광경을 지켜보던 가람이 그들에게 다가갔다. 그들은 가람이 아는 언어로 대화했다. 그것은 가람이 학교에서 배우는 언어였다.

"아저씨들은 누구세요?"

그들은 가람을 발견하고 깜짝 놀란 것 같았다.

"우리는 섬 바깥, 바다 건너에서 왔어."

그들 중 한 명이 대답했다.

"그런데 왜 여기에 쓰레기들을 버려요?"

가람이 물었다. 그들은 가람이 영어로 유창하게 말하는 것을 보고 놀라는 눈치였다. 그들은 서로 쳐다보며 허허 웃거나 손사래 치는 시늉을 했다. 가람은 고집스럽게 서서 그들의 대답을 기다렸다.

"그러니까, 설명하자면, 너희 섬은 다른 나라에 쓰레기를 배출할 수 있는 공간을 파는 거야."

"이러니까, 원, 해수면이 오를 수밖에."

"쉿, 그만 가자."

그 말을 끝으로 그들은 다시 트럭에 올라탔다. 텅 빈 짐
칸으로 언덕을 가뿐히 떠나가는 트럭들을 바라보며 가람은
또 다른 사실 하나를 알아차렸다. 섬이 잠기는 것은 바다 때
문이 아니었다. 쓰레기들. 아니, 그것보다는, 섬 너머 쓰레
기들을 버리는 사람들, 가람은 모르고 있던 바다 너머 더 거
대한 세계에 그 이유가 있었던 것이다. 그날 가람은 한참 동
안이나 악취가 묻어나는 쓰레기들의 산더미 주변을 벗어나
지 못하고 서성였다.

섬 안을 갈래갈래 관통해 흐르던 물은 청소부의 말대로
섬을 야금야금 갉아먹고 있었다. 어느새 바닷물은 콘크리트
제방까지 차올랐다. 사람들은 하나둘 섬을 떠나기 시작했다.
가람은 친구들이 손을 흔들며 떠나는 모습을 수없이 지켜보
면서도 선뜻 섬을 떠날 수 없었다. 고향이 수몰한다는 사실
을 순순히 받아들이기에는 화가 났던 것이다.

그래서 가람은 떠나가는 친구들의 뒷모습을 두고 도망
치듯 언덕 꼭대기를 올라 트럭을 몰고 오는 사람들을 기다
렸다. 그리고 쓰레기를 버리러 오는 사람들을 지켜보던 가
람은 새로운 사실을 알아챘다. 그들 중에는 혹시나 숨어 있

을 값비싼 물건을 찾아 쓰레기장을 뒤적이는 사람도 있다는 것이었다. 그 외부인들은 섬의 종말을 알면서도 그 속도를 보채는 데 가담하고 있었다. 심지어 그것을 당연하게 이용까지 하고 있었던 것이다.

그때부터 가람은 그들을 쫓아내려고 어린아이가 생각해낼 수 있는 온갖 수작은 전부 시도했다. 화를 내기도 했고, 트럭이 다니는 길에 구덩이를 파거나 그물망을 묶어놓거나 하는 못된 장난을 치기도 했다. 그러거나 말거나 트럭은 언제나 똑같은 시간에, 똑같은 수만큼 유유히 언덕을 타고 올라왔다. 점점 더 많은 사람이 섬을 떠났다.

가람의 놀이터가 되어주던 난파선도 어느덧 완전히 물속에 잠겼다. 청소부는 섬을 떠났다. 가람은 그도 곧 떠나야 한다는 사실을 알았다. 그리고 이상기후로 비가 끊이지 않던 어느 여름날, 나룻배를 타고 수많은 수로를 지나쳐야 나오던 바다가 이윽고 집 앞에서 보이기 시작했을 때, 가람은 큰 배에 올랐다. 섬을 떠나며 가람은 마지막으로 바라보는 섬을 기억하기 위해, 쏟아져 내리는 빗줄기가 섬을 집어삼키는 광경을 오래도록 눈에 담았다. 그리고 가람이 떠난 지 얼마 지나지 않아 그가 살던 섬은 완전히 수몰되었다.

가람은 난파된 배에 쓰여 있던 글자를 사용하는 곳, 한

국으로 갔다. 한국에 갔을 때 그는 자신의 서투른 모습을 들킬까 불편했다. 아무렇지 않은 척하려 해도, 숨 쉬듯이 드러나는 그들과 자신의 차이를 의식할 수밖에 없었다. 태어날 때부터 그곳에 지냈던 그들의 자연스러운 모습과 다르게 가람은 모든 것이 서투르기만 했다.

그것은 단순히 버스를 타고 내릴 때 교통카드를 찍는 가벼운 행위만을 가리키는 것이 아니었다. 대화를 할 때마저도 그는 더듬더듬 외국어를 말하는 어색한 자신의 모습을 견뎌내야 했다. 알아듣기 어려운 외국어로 웃고 떠드는 사람들과 한 공간에 있을 때마다 가람은 우주 속 낯선 행성에 동떨어진 외계인이 된 듯한 느낌이 들었다. 그들의 말을 알아듣고자 애도 쓰고 체념도 하며 방 안을 왔다 갔다 서성이는 날들이 반복되었다.

그러다 크고 번잡한 도시 속에서 자신보다도 더 어색한 모습의 사람을 목격했다. 그리고 그것은 사람이 아니라는 사실을 알아차리기까지 오래 걸리지 않았다. 사람의 외관을 닮은 식당 접객 로봇과 대화를 하며 가람은 로봇들과 로봇들이 버려지는 폐차장에 대해 알게 되었다. 그는 로봇이 알려준 길을 따라 오래된 고철이 높게 쌓여 있는 패널 아래로 걸어 들어갔다. 패널 아래 망가진 자동차 파편 위에 비스듬히 뉘어 있던 로봇이 가람을 발견하고는 낭랑한 여성의 음성으로 말을 걸었다.

"교감 로봇을 버리려면 왼쪽, 가전 로봇이나 자동차를 버리려면 오른쪽으로 가면 돼."

"난 버릴 것이 없는데."

"그럼 여기는 왜 왔어?"

"여기가 사회에서 도태된 것들이 모이는 곳이라고 들었어."

가람은 씨익 웃음을 지으며 말했다.

"같이 놀자고."

그러자 로봇은 부딪히는 소음과 함께 자동차 파편 위에 뉘어 있던 본체를 힘겹게 일으켰다. 로봇이 가람을 데려간 곳은 다른 버려진 로봇들이 모여 있는 곳이었다. 그렇게 가람은 폐차장에 버려진 로봇들과 가까워졌다. 그에게 로봇들은 낯선 땅의 사람들보다 더 편안하게 느껴졌다. 그들은 실수나 어색함으로 가람을 판단하지 않았다. 이미 고장이 나 있는 그들은 대화를 하다가도 엉뚱한 소리를 해댔고, 서로 수리해주는 일도 빈번했다. 가람은 그들의 어깨 너머, 아니, 고철 너머로 프롬프트 화면을 훔쳐보며 기계언어를 자연스레 터득해나갔다.

얼마 지나지 않아 가람은 폐차장에 기기들만 있는 것이 아니라는 사실을 알아차렸다. 어두운 밤이면 고물 더미를 어슬렁거리며 불 꺼진 기기들을 뒤적이는 사람들이 있었다. 처음에 가람은 그들을 고장 난 로봇이나 길거리의 부랑자라고 생각했다. 그들의 정체를 알게 된 것은 춘자의 설명을 들은 이후였다.

"중고로 판매되지 않고 폐차장에 버려지는 기기들은 여러 종류가 있어. 고장이 심해 수리 비용이 새 상품 구매 가격을 초과하는 기기, 저당이 설정되었거나 세금 미납 또는 압류 같은 이유로 소유권 이전이 어려운 기기, 모델이 너무 오래되어 시중에서 부품을 더 이상 구할 수 없는 기기, 대형 사고 또는 침수 피해를 입어 운행이 불가능하거나 안전에 문제가 있는 기기, 배출 가스 등급 등 기준이 바뀌어 현행 환경 규제를 충족하지 못하는 기기, 단순히 사용자가 중고 판매를 희망하지 않는 기기 등. 이때 첫 번째, 두 번째, 세 번째에 해당하는 기기들은 암시장 딜러들이 수리하거나 부품만 추출해 판매하려고 해. 저들은 암시장에 판매할 물건들을 찾는 딜러들이야."

이후 가람은 그때까지 터득해왔던 개발 지식을 발휘해 쓸 만한 기기들은 자신이 직접 고쳐 암시장에서 판매하기 시작했다. 새롭게 시작한 일로 이전과 전혀 다르게 바뀐 일상은 재미있었다. 외딴 섬에서 바다를 내다보며 유유자적 시를 짓던 음유시인은 어느새 아스팔트 밀림 같은 도시에서 폐차장과 암시장을 오가며 기기들을 조작하고 있었다.

하루는 운 좋게 보석 같은 모델을 발견해 몇 달이 넘게 수리에 골몰한 끝에 높은 가격으로 판매를 하기도 했고, 하루는 오랜 기간 공들인 수리에 실패하거나 팔 만한 기기를 찾지 못해 허탕을 치기도 했다. 그리고 가치 높은 물건은 아니었지만 암시장에서 흥정에 불을 붙여 예상치 못한 수익을 내는 날도 있었다. 가람은 예측할 수 없는 하루하루를 모험처럼 즐겼다. 폐차장도 암시장도 그에게는 탐험이 끝나지 않는 미지의 세계와 같았다.

그러다 흥정에 실패해서 화가 난 고객이 가람을 불법체류자로 신고하면서 상황은 하루아침에 복잡해졌다. 가람은 불법체류자가 아니었지만 신고로 경찰 조사를 받으면 밀거래를 해온 사실이 들통날 게 분명했다. 정부는 이민자 수를 줄이고자 비자 발급의 기준을 점점 강화하고 있었고, 범죄 기록이 개인 정보 내역에 찍히는 순간 앞으로 비자 연장은 불가능해질 게 분명했다. 그렇게 가람은 도시의 정찰 로봇들에 쫓기는 신세가 되었다. 도망 다니는 일상에 지쳐갈 즈음, 암시장에서 지나가는 거래인들이 떠드는 소리를 엿들었다.

"로봇 기업이 자기네 제품에 대한 보안을 강화하기 위해 밀거래 수사 요청을 했다더군. 경찰이 수사망을 조여오고 있어. 이제 이 바닥 생활도 청산할 때가 되었네. 새로운 밥벌이를 찾아야 해."

"고치바에서 쓰레기장을 개방한다는 얘기가 돌던데."

"쓰레기장을 뭐 하러?"

"들리는 말로는 단순한 쓰레기장이 아닌가봐. 제법 가치 있는 물건들이 묻혀 있다더군. 거기 버려진 PHA 플라스틱을 다른 기업에 되팔면 꽤 높은 금액을 받을 수 있다는 말이 있어."

그들의 대화 내용은 가람의 호기심을 불러일으키기에 충분했다. 스물네 시간 네온사인 불빛이 반짝거리는 크고 화려한 도시의 쓰레기장은 어떨지, 자신이 살던 섬의 쓰레기장과는 어떻게 다를지, 가람은 궁금해졌다.

그렇게 가람은 고치바의 쓰레기장을 찾았다. 먹칠을 해놓은 듯 하늘이 흐린 어느 늦은 밤, 그는 아무도 모르게 그곳에 숨어들었다. 그리고 마주한 쓰레기장은 섬에서 보던 것과 전혀 다른 모습이었다. 문을 열 때부터 코를 찌르는 악취가 아닌 달달한 꽃향기가 났고, 쓰레기들은 광택을 내고 있었다. 마치 잘 다듬은 쓰레기들로 정원을 흉내 낸 듯 기가 차는 광경에 가람은 기괴한 인상을 받았다. 시간 가는 줄 모르고 쓰레기장을 둘러보던 그는 쓰레기로 된 산더미 아래에 서 있는 백발에 비녀를 꽂은 여자를 마주쳤다.

"여기는 어떻게 들어왔죠?"

여자가 물었다. 이곳의 주인인 걸까. 암시장에서 수많은 딜러와 바이어를 상대하며 길러온 가람의 촉이 그 여자가 보통 인물이 아니라고 말해주고 있었다. 여유롭게 꽃에 물을 주며 던지는 날카로운 물음에 가람은 능청스럽게 둘러대며 문가로 향했다.

"지나가다 날이 흐려지기에 비를 피하러 들렀어요. 그런데 비도 안 오고 시간도 너무 늦었네요. 그럼 이만."

그러나 이미 잠겨버린 문은 아무리 힘을 줘도 움직이지 않았다.

"분명히 잠금장치가 되어 있었을 텐데요."

문고리를 잡고 흔드는 가람을 지켜보며 여자가 말했다.

"솔직하게 털어놓으면 신고하지 않을지도 몰라요."

더 이상의 신고는 곤란했다. 가람은 한숨을 쉬고 그녀를 돌아봤다.

"세션 ID를 훔쳤어요."

"어떻게?"

"HTTP 통신을 감청했거든요."

그 후부터 여자는 가람이 어떻게 패킷 스니퍼를 실행하고 세션 ID를 추출했는지 한참 동안 해킹 과정에 대해 집요하게 물었다. 가람의 대답을 전부 듣고 잠시 동안 아무 말도 하지 않던 여자는 이전과 전혀 다른 질문을 했다.

"나와 계약하지 않을래요?"

여자는 창문 너머 달빛을 받아 반짝거리는 백발 아래로 음산하게 웃어 보였다.

"나는 고치바의 CEO 고청명입니다. 이곳을 개방하고 싶은데 보안이 문제라서요. 우리 독점 기술을 유출하지 않으면서도, 누구든 우리 제품을 가까이에서 구경할 수 있게 운영하는 방안을 모색하고 있죠."

"정찰 로봇을 추천해요. 저보다 더 일을 잘할 겁니다."

가람은 돌려서 제안을 사양했지만, 여자는 의견을 굽히지 않았다.

"지금 여기는 관계자 외에 출입을 금지하며 철저한 보안을 유지하고 있어요. 어지간한 실력으로는 해킹이 불가능했을 것입니다."

여자가 가람을 마주 보며 말했다.

"당신이 여기의 관리인이 되어줬으면 합니다. 그리고
이곳을 개방해도 우리 기술이 유출되지 않도록 보안을 관리
해주면 좋겠어요."

"제가 왜 그래야 하죠?"

"아쉽지 않은 급여와 함께 당신에게 정말 필요한 보상
을 약속하죠."

"그 보상이란 게 뭔데요?"

가람이 심드렁하게 물었다. 여자는 그가 예상하지 못한
답변을 내놓았다.

"영주권."

"뭐요?"

가람이 되물었다.

"처음 봤을 때부터 얼굴이 낯익다 했죠. 대화하는 동안
어디에서 본 얼굴인지 기억났어요. 근방에서 불법체류자로
신고가 되어 수배 광고로 당신의 얼굴을 수차례 목격했죠."

"저는 불법체류자가 아니에요."

"그렇다면 왜 순순히 경찰의 조사를 받지 않는 거죠? 불
법체류자가 아닌데도 조사를 받지 않는다는 건, 조사에서
드러나면 안 되는 다른 사실을 숨기고 있다는 의미인데요.

가령 밝혀져서는 안 될 범죄 사실 같은 것이요."

여자의 날카로운 눈은 가람의 스쳐 지나가는 표정을 놓치지 않았다. 여자가 미소를 지었다.

"아하. 불법체류자가 아니더라도 범죄 사실이 밝혀지는 순간 비자 연장은 취소되겠죠."

여자가 가람에게 느리게 다가오며 물었다.

"앞으로 어떻게 할 셈인가요? 잡혀 들어가기 전까지 떠돌이 신세로 전전긍긍하며 이곳저곳을 배회할 건가요?"

대답 없이 서 있는 가람에게 여자가 손을 내밀었다. 그녀의 손에는 명함이 들려 있었다.

"우리 기업이 당신의 영주권을 지원하도록 하죠. 나와 함께 일하면 여기 정착할 수 있어요. 법에 보호받으며 안정적인 생계를 영위할지, 아니면 뭐, 영영 도둑고양이처럼 지낼지 잘 생각해보세요."

잠자코 서 있던 가람은 여자가 건넨 명함을 받아들고서 잠시간 고민했다. 이내 고개를 들자 눈이 마주친 여자가 여유롭게 웃어 보였다. 가람은 여자의 제안 이외에 더 좋은 수가 없다는 사실을 받아들였다. 이번에는 가람이 먼저 손을 내밀었다.

"그럼 아쉽지 않다는 급여에 관해 논의해볼까요?"

240

가람은 새로운 일에 곧바로 적응했다. 서천꽃밭의 관리 인이 되고 그는 CCTV를 설치하고 정찰 로봇들을 운영하며 보안 체계를 잡아나갔다. 밀렵꾼이 돈으로 자신을 매수하려 하거나 목적을 숨기고 접근해 회유하려 하는 갖은 시도에도 가람은 넘어가지 않았다. 그는 서천꽃밭의 모든 방문객에게 거리를 두고 그들을 철저히 감독 대상으로만 여겼으며 밀렵 꾼은 가차 없이 처분했다.

가람은 일을 잘할 뿐만 아니라 즐기기까지 했다. 쫓기 는 자에서 쫓는 자로 반전된 위치는 제법 짜릿했다. 섬을 떠 나온 후로 줄곧 이방인으로 살았지만, 서천꽃밭에서만큼은 자신이 완전히 주도권을 쥐고 있었다. 모든 것이 자신의 통 제와 지시 아래에 움직였다.

서천꽃밭을 뒤지는 밀렵꾼들을 쫓아낼 때면, 섬의 쓰레 기장을 뒤지는 어른들을 쫓아내던 어린 시절로 돌아간 느낌 마저 들었다. 그때 가람은 아무도 쫓아낼 수 없는 어린아이 였지만, 지금 그는 여기 낯선 땅에서 오로지 스스로의 노력 으로 일궈낸 힘으로 서천꽃밭을 지켜내고 있었다. 마침내 완전한 자유를 얻은 듯한 해방감까지 들었다.

가람은 자신이 운이 좋은 아이라고 생각했다. 이전에 그를 절망하게 만들었던 인생의 저점들도 돌이켜보면 오히려 더 큰 행운을 불러오기 위한 전환점들이었다. 섬이 가라앉고 이 도시의 폐차장을 전전하지 않았더라면 개발 능력을 키우지 않았을 것이고, 불법체류자로 신고가 되어 쫓기지 않았더라면 서천꽃밭 관리인의 일자리 제안을 수락하지 않았을지도 몰랐다. 그 사실을 지각한 이후부터는 더 이상 예측할 수 없는 삶의 변화들이 두렵지 않았다.

하루는 소나기를 피하러 고치바 인근 건물에 급히 들어갔다가 그 안에서 열리는 수중무용 공연을 관람하게 되었다. 우연히 본 공연은 묘한 전율을 느끼게 해줬다. 그것이 치아루와의 첫 만남이었다. 여유가 생길 때마다 공연장을 찾고, 치아루의 눈에 들어 초대권을 받을 때까지도 가람은 자신이 왜 수중무용에 이끌리는지 이유를 알 수 없었다. 그리고 예고되지 않은 비에 흠뻑 젖어 치아루의 대기실을 찾은 어느 날, 빗속에서 춤을 추는 그의 모습을 지켜보다 가람은 그 이유를 알아차렸다.

가람은 섬을 떠난 후로 줄곧 섬을 집어삼켰던 비를 역병처럼 피해왔다. 그런데 빗속에서 춤을 추는 행위는 섬을 집어삼켰던 비처럼 예측할 수 없는 변화까지도 기꺼이 수용하고 즐기는, 가람이 선택한 삶의 방식을 대변해주는 것 같았다.

242

    그리고 가람은 자신이 찾은 정답대로 살았다. 그는 과거를 그리워하거나 미래를 불안해하기보다 현재에 집중했다. 그래서 이전에 시를 썼던 수첩을 버리고, 실패해도 상관없다는 마음으로 만들고 싶은 로봇 소프트웨어를 개발해나가기 시작했다. 서천꽃밭 방문객들을 감독하고 보안을 유지하는 일에도 여전히 충실했다. 부족할 것 없는 생이라고 생각했다. 적어도 그 말을 듣기 전까지는.

    '나는 너를 이해하고 싶어. 그래서 지금껏 네가 쓰던 언어를 연구했던 거야.' 그 말을 듣는 순간, 가람은 자신이 여태 놓치고 있던 것을 알아차렸다. 그제야 가람은 왜 자신이 서천꽃밭에 버려진 어떤 물건들은 그대로 버려지게 두지 못했는지 이해했다. 계획대로 흘러가지 않는 인생에 좌절하는 사람들에게 그는 남몰래 공감하고 있었던 것이다.

    사실 가람은 연결되기를 원하고 있었다. 사회에 도저히 자연스럽게 소속될 것 같지 않은, 이물질처럼 느껴지는 자신도 이해받고 공감받기를 바라고 있었다. 그것은 로봇들과 가까워지고도, 서천꽃밭의 질서와 보안을 유지하고도 충족되지 않은 마음이었다.

    가람에게 있어 새로운 언어를 배운다는 것은 그 언어 사용자의 세계에 발을 들인다는 것을 의미했다. 한국어를 공부한 것도, 기계언어를 공부한 것도 모두 그 언어의 세계에 소속되기 위해서였다. 그런데 정작 다른 누군가 자신의 세계에 발을 들일 거라는 기대는 한 번도 하지 않았다. 지빈이 이제는 아무도 사용하지 않는 언어를 오직 자신을 이해하기 위해 공부한다는 사실을 들은 순간, 가람은 마침내 사회의 이방인에서 구성원이 되었다. 로봇들과 가까워지고도, 서천꽃밭을 지켜내고도 채워지지 않았던 작은 구멍 하나가 드디어 완전히 채워지는 것 같았다.

그렇기 때문에 "나를 꿈꾸고 싶게 해"라는 말을 듣고 가람은 동요할 수밖에 없었다. 밀렵꾼을 돕는다는 것은 그가 여태까지 쌓아 올린 모든 것을 스스로 무너뜨리는 것을 의미했다. 일자리를 잃을 뿐 아니라 다시 쫓기는 신세로 전락할 수도 있었다. 그러나 가람은 꿈이 좌절되었을 때의 절망을 알았다. 문득 그 절망을 느낀 지빈이 더 이상 자신의 곁에 있고 싶어 하지 않으면 어떡하지, 그런 생각이 들었다. 그는 지빈이 자신의 언어를 공부하고, 자신의 시에 관심을 가지는 것이 좋았다. 그리고 그것을 잃고 싶지 않았다.

"왜 마음을 바꾼 거야?"

사고가 있었던 날, 서천꽃밭에서 지빈을 기다리던 중 치아루가 가람에게 물었다.

"네가 아무 이유 없이 그런 결정을 할 리 없다는 걸 알아."

치아루의 물음에 가람은 대답을 삼켰다. 사심이었다.

"나는 사람들한테 사랑받고 싶어서 춤을 추고 싶었던 거야."

치아루의 고백을 들으며 가람은 자신이 시를 썼던 이유를 생각해봤다. 어쩌면 그날 가람이 진짜 찾고 싶었던 것은 치아루의 다리가 아니었을지도 몰랐다. 사이렌이 울리고 경고등이 번쩍거리는 서천꽃밭에서 나와, 탐색 로봇을 들고 가람의 발걸음이 이끌리듯 향한 곳은 그의 시들이 버려져 있는 소각장이었다.

정신없이 달리던 중, 위에서 무너지는 소리가 났다. 좋지 않은 예감에 고개를 들었을 때는 이미 거대한 패널이 아래로 떨어지고 있었다. 가람은 한숨 섞인 목소리로 나지막이 욕지거리를 중얼거렸다. 그렇게 사고는 데자뷔처럼 그를 덮쳤다. 서천꽃밭에 도착한 보안팀이 갑작스러운 굉음에 소각장을 찾아왔다. 가까워지는 사이렌 소리 속에서, 가람은 의식을 잃었다.

깨어났을 때 지빈과 치아루는 곁에 없었다. 한동안 가

람은 매일같이 수족관에 가서 하루 종일 수중무용을 관람했
다. 그리고 다른 아무 일도 하지 않았다.

　퇴원을 하고 시간은 하염없이 흘렀다. 더 이상 고치바
에서 일할 수는 없었지만, 밀렵 행위에 동조한 사실을 들키
지는 않았다. 가람은 개발 능력과 고치바에서 일했던 이력
으로 몇몇 일자리를 제안받았다. 그는 고민하다 지빈이 자
신의 언어를 이해할 때 느낀 기분을 떠올리고 통역기 소프
트웨어를 개발하는 기업을 선택했다. 그곳에서 그는 고객사
들의 통역기를 방문 수리 하는 일을 했다.

　모처럼 비가 내리는 날이었다. 빗줄기에 젖는 것도 아
랑곳하지 않고 차창을 열어둔 채 고속도로를 달리며 환호하
던 그 여름을 연상시키는, 그런 날이었다. 고객사였던 고치
바에 가람의 방문 수리 일정이 잡혔다. 익숙한 복도를 지나
던 중 우연히 그날이 서천꽃밭의 마지막 개방일이라는 소식
을 들었다. 통역기 수리가 끝난 뒤 가람의 발걸음은 대문 밖
으로 향하는 대신, 서천꽃밭으로 향하고 있었다.

다카포

"오랜만이야. 박지빈, 치아루."

가람이 잡동사니 산더미에 있던 노트북을 두들기며 말했다.

"옛 친구를 찾고 있었지."

지빈은 그 노트북을 기억했다. 이전에 가람이 사라진 언어를 기억해내는 소프트웨어를 만들고 있다며 보여준 노트북이었다. 지빈의 손에 들린 조종기를 발견한 그가 장난스럽게 덧붙였다.

"억울한데. 나는 밀렵꾼이 아니야. 플라스틱은 훔치지 않았어."

지빈은 가람의 비아냥거리는 말투를 눈치 챘다.

"아, 아니야. 나는 그런 게 아니라…."

지빈이 황급히 조종기를 내리며 말끝을 흐렸다.

"그런 게 아니면, 뭐?"

가람이 잡동사니들을 지나 지빈의 앞에 서며 물었다.

"박지빈, 그동안 어떻게 지냈어?"

지빈은 뭐라고 대답해야 할지 몰라 가람과 치아루를 번갈아 봤다. 지금까지의 나를 어떻게 설명해야 할까. 지빈은 그들에게 힘이 되어주고 싶었다. 언어학을 연구하려고 했던 것도, 생체플라스틱 보급을 확대하려고 했던 것도 전부 그런 마음에서 시작된 것이었다. 그런데 지금 여기, 지빈은 그중에 어느 것 하나 제대로 해낸 것 없이, 이렇게 보잘것없는 모습으로 그들을 다시 마주하고 있었다.

오랫동안 그려온 만남이지만 꿈꾸던 재회의 모습이 아니라는 사실에 스스로에 대한 실망감을 감출 수 없었다. 겹겹의 실패를 거치고 마주친 그들은 그 여름날 각자가 기대에 차 약속하던 미래와 전혀 다른 모습을 한 채 서로를 마주보고 있었다.

"미안해. 나 때문에, 내가 그런 부탁을 하는 바람에 네가 다쳐서. 그리고 옆에 있어주지 못해서."

지빈이 더듬더듬 말을 이어갔다. 그녀는 차마 가람의

눈을 볼 수가 없었다.

"그러니까 나는….'

그때 가람의 한숨 쉬는 목소리가 들려왔다.

"어떻게 지냈냐니까."

가람이 중얼거렸다. 정말로 궁금해서일까 아니면 비아냥대기 위함일까, 지빈은 알 수 없었다. 대답하지 못하는 지빈 대신 치아루가 입을 열었다.

"너는 어떻게 지냈어?"

가람이 치아루를 보며 어깨를 으쓱였다.

"어떻게 지냈냐고? 사고 이후에 말이야?"

가람은 기억을 더듬는 듯 턱을 매만지며 말했다.

"일자리에서는 잘리고, 회복하기 전까지는 입원 신세를 견뎌야 했지. 거기 밥이 얼마나 밍밍한 줄 알아?"

지빈은 심장이 빠르게 뛰는 것을 느끼며 여전히 고개를 들지 못했다. 이것은 그녀가 가장 두려워하던 재회의 모습이었다. 지빈이 걱정했던 대로, 가람은 그녀를 미워하고 있었다.

"배신감도 들고 화가 났지. 괜히 도와줬다 하는 생각도 꽤나 했어."

"유가람, 네가 화난 거 이해해. 우리를 보는 게 불편하다면 나갈게."

가람의 말을 잠자코 듣던 치아루가 말을 꺼냈다. 가람이 코웃음을 쳤다.

"아니. 치아루, 너는 아무것도 이해하지 못했어. 나는 지금 화가 난 게 아니야. 너희를 보는 게 불편하지도 않아. 그건 다 이전의 감정들이야. 나는 나아갔어. 게다가, 그때 너희 덕분에 알게 된 사실도 있는걸."

가람이 태연하게 어깨를 으쓱이며 덧붙였다.

"나는 원래 겁쟁이였어. 한때 재미있어 보여서 기기 수리와 밀거래를 시작했지만, 신고 이후 정찰 로봇에 쫓기면서부터는 언제라도 잡혀 들어갈까 무서웠지. 그러다 고치바의 보호를 받고 나서는 그저 서천꽃밭에 숨어 지내는 데 만족했어."

가람은 자신이 찾던 노트북을 툭툭 건들며 말을 이어 갔다.

"그러다 너희를 알고 지내면서 내가 진짜로 원하는 것을 알게 되었고, 새로운 꿈도 가졌어. 이곳에서 계속 일했다면 아마 그것들을 평생 모르고 지냈겠지."

지빈은 마침내 가람을 마주 봤다. 그의 얼굴에는 편안한 웃음이 씨익 지어져 있었다.

"게다가 오늘이 서천꽃밭 마지막 개방일이라며? 어차

피 잘렸겠네."

"왜 연락을 안 받았어?"

지빈은 가능한 한 가장 태연한 어투로 말하려고 애썼다. 가람이 선선히 대답했다.

"그날 휴대전화가 부서져 새로 샀어. 그러면서 번호도 바꿨고."

"서천꽃밭으로 편지도 부쳤어."

"그때 이후로 서천꽃밭에 온 건 오늘이 처음이라, 받아 보지 못했어."

"먼저 연락하려고는 안 했어?"

"글쎄. 솔직히 별로 보고 싶지는 않았어. 너희 뭐가 예쁘다고?"

지빈은 아무 말도 할 수 없었다. 픽 웃음소리와 함께 덧붙이는 목소리가 들려왔다.

"그래도 잘 살기를 바랐어."

그렇게 말하는 가람의 목소리에는 지빈이 기억하는 다정함이 숨어 있었다.

"뭐, 너무 잘 살지는 말고, 가끔은 내 생각도 하면서 말이야."

가람이 장난스럽게 덧붙였다.

"너희가 그때 꿈꾸던 모습이 되어 있기를 기대했다는
게 아니야. 다만 현재를 즐겁게 살고 있었으면 했어. 왜냐
하면⋯."

가람이 잠시 멈췄다가 말을 이었다.

"그때 나도 너희 덕분에 그랬으니까."

가람의 말은 그를 마주친 순간부터 지빈이 느끼고 있던
스스로에 대한 실망감, 죄책감, 당혹감 등 모든 복잡한 감정
이 밀려나게 해줬다. 그의 말에는 여전히 그녀의 마음을 편
안하게 해주는 힘이 있었다. 지빈은 가람의 눈을 똑바로 마
주 봤다. 지빈은 이제 자신이 무슨 말을 해야 할지 알았다.

지빈은 낭만적 우연의 힘을 믿었다. 기약 없는 가뭄이
이어지던 끝에 그해 여름을 연상시키는 비가 쏟아지기 시작
한 날, 마지막으로 문을 연 서천꽃밭에서, 그 여름 그곳을 함
께했던 그들을 맞닥뜨리게 되는 우연의 연속에, 지빈은 그
들의 인연에 다시 한번 기대를 걸어보고 싶어졌다.

"다시, 친구가 되고 싶은데."

지빈은 곧바로 대답하지 않는 가람에게 천천히 다가갔다.

"기다릴게. 말하고 싶어지면 연락 줘."

지빈은 가람의 손에 자신의 명함을 쥐여줬다.

"이번에는, 계속해서 기다릴게. 네가 찾으면 옆에 있을

거야."

지빈이 가람의 눈을 보며 약속했다.

치아루가 지빈에게 새로운 잔을 건네며 물었다.

"후회하는 건 아니지?"

그는 지빈의 선택에 관해 묻고 있었다. 그녀는 퇴근 후 치아루의 가게에 와 있었다. 술잔을 가져다대던 지빈의 입가에 무언가 생각난 듯 어렴풋이 미소가 지어졌다. 지빈이 치아루를 보며 물었다.

"너, 다카포에 관해 했던 말 기억나?"

치아루는 대답하지 않고 지빈의 말을 기다렸다.

"나는 그 말에 관해, 이전의 선택지로 돌아가 다른 선택을 고르는 거라고 생각했어. 그런데 그게 아니야. 내가 고른 것보다 더 나은 길 같은 건 없어."

지빈이 가람이 했던 말들을 떠올리며 말했다.

"이제 조금 알 것 같아. 다카포. 그건 선택의 연속인 삶에서, 고민하고 선택하고 경험하는 과정을 기꺼이 반복하겠다는 외침인 거야."

지빈이 선언했다. 치아루는 지빈의 말을 들으며 유독 장마가 끊이지 않았던 여름부터 줄곧 이어진 그의 고민과 선택들을 회상했다. 회상부터 이어진 빗줄기가 그들이 앉은 자리 옆 창문을 두드렸다. 그때 지빈의 휴대전화가 울렸다. 처음 보는 전화번호였다. 그녀는 재빨리 전화를 받았다.

"여보세요?"

목소리는 잠깐의 침묵 후에 들려왔다.

"안 자고 있었네?"

장난스러운 어투였다. 지빈은 활짝 웃었다. 휴대전화 너머 그가 물었다.

"어디야?"

"치아루네 가게야."

지빈이 전화를 스피커로 전환하며 대답했다.

"네 편지를 봤어. 번역기를 썼던 거야?"

가람이 물었다.

"번역기를 쓸 수 없는 언어인 거 알잖아."

지빈의 대답 후에 잠시 동안 정적이 흘렀다. 마침내 가람이 말했다.

"거기로 갈게."

지빈이 활짝 웃음을 지었다.

"기다리고 있을게."

지빈이 휴대전화를 치아루에게 들이밀며 말했다.

"이번 건배사는 치아루가 생각해놨어."

치아루는 당황한 듯 휴대전화와 지빈의 얼굴을 번갈아 바라봤다. 그러다 휴대전화 너머에서 들려오는 익숙한 웃음소리를 들으며 치아루의 얼굴에는 안도하는 미소가 번졌다. 치아루는 눈앞에 있는 잔을 들어 올렸다. 그는 자신이 무슨 말을 해야 할지 알았다.

그 여름의 상상과 전혀 다른 모습으로 서로를 마주한 사실은 그들에게 더 이상 중요하지 않았다. 다시 만난 그곳, 치아루는 메달을 버리고 있었고, 가람은 자신이 지키던 서천꽃밭에 숨어들었고, 지빈은 더 이상 언어를 연구하지 않았다. 그들이 키웠던 사심은 기대했던 것과 달리 지나치게 가변적이고 불완전했다. 그래도 상관없었다. 그들이 예상하지 못하는 사이 치자나무 꽃이 피어나고 져버렸다고 해도, 못 보고 지나친 토마토들이 갈색으로 변하고 시들어버렸다고 해도, 그들은 무심하게 관절을 휘고 팅기며 춤을 출 것이다. 거세게 퍼부어대는 빗줄기 너머, 희미하게 반짝거리는 플라스틱 꿈을 꾸면서.

"다카포!"

생은 선택이 주어지는 순간이 늘어나면서 걷잡을 수 없이 복잡하고 어려워지기 시작했다.

플라스틱 꿈

2025년 3월 31일 초판 1쇄 발행

지은이 김민정
펴낸이 이원주

책임편집 최연서 **디자인** 정은예
기획개발실 강소라, 김유경, 강동욱, 박인애, 류지혜, 조아라, 고정용, 이채은
마케팅실 양근모, 권금숙, 양봉호, 이도경 **온라인홍보팀** 신하은, 현나래, 최혜빈
디자인실 진미나, 윤민지 **디지털콘텐츠팀** 최은정 **해외기획팀** 우정민, 배혜림, 정혜인
경영지원실 강신우, 김현우, 이윤재 **제작팀** 이진영
펴낸곳 팩토리나인 **출판신고** 2006년 9월 25일 제406-2006-000210호
주소 서울시 마포구 월드컵북로 396 누리꿈스퀘어 비즈니스타워 18층
전화 02-6712-9800 **팩스** 02-6712-9810 **이메일** info@smpk.kr

© 김민정(저작권자와 맺은 특약에 따라 검인을 생략합니다)
ISBN 979-11-94246-93-0 (03810)

쌤앤파커스(Sam&Parkers)는 독자 여러분의 책에 관한 아이디어와 원고 투고를 설레는 마음으로 기다리고 있습니다. 책으로 엮기를 원하는 아이디어가 있으신 분은 이메일 book@smpk.kr로 간단한 개요와 취지, 연락처 등을 보내주세요. 머뭇거리지 말고 문을 두드리세요. 길이 열립니다.